集英社オレンジ文庫

失わない男

～警視庁特殊能力係～

愁堂れな

本書は書き下ろしです。

CONTENTS

失わない男

警視庁特殊能力係

USHINAWANAI
OTOKO

Rena Shu-doh

1

麻生瞬《あそうしゅん》が警視庁の捜査一課内にある『特殊能力係』に配属されてから早一年が過ぎた。

特殊能力係はいわゆる見当たり捜査に特化した係で、メンバーは係長の徳永潤一郎《とくながじゅんいちろう》と瞬の二人だけであり、世間にはその存在を秘匿《ひとく》されている。

見当たり捜査というのは何百人もいる指名手配犯の顔を覚え込み、市井《しせい》で張り込んで見つけ出すという捜査方法であり、瞬は生まれもってのそれこそ『特殊能力』により、今まで何年もの間警察の捜査の手を逃れ、身を隠し続けてきた指名手配犯たちを逮捕に導いていた。

瞬の『特殊能力』とは、『一度見た人間の顔は決して忘れない』というものだった。何年前であっても、そして僅《わず》かな時間見たきりであっても、一度でも会った、若《も》しくは見たことがある人間の顔は瞬の記憶に刻まれる。何百人もいる指名手配犯の顔を覚え込むには、常人であれば大変な努力が必要となるはずだが、瞬はなんの苦労もなく、彼らの顔写真の掲載されたファイルを一読するだけで、全員の顔を覚えた上で決して忘れないでいることができるのだった。

生まれたときからそうだったため、瞬は自身の能力を『特殊』と感じたことはなかった。他の人も皆そうであると思い込んでいたのだが、特殊能力係に配属されるにあたり、自分が実に恵まれた能力の持ち主であると知ったのだった。というのも彼の上司である徳永がいかに努力をして指名手配犯の顔を頭に叩き込んでいるか、日々目《ま》の当たりにしているからである。

瞬は徳永の仕事ぶりだけでなく人間性そのものを尊敬しており、徳永もまた瞬の『特殊能力』だけでなく、常に前向きかつ己を高める努力を惜しまないところも当然買ってくれている。

互いを認め合う二人のチームワークのよさが能力の高さをより増幅させた結果、抜群《ばつぐん》の逮捕数を誇ることとなり、そういったわけで今や『特殊能力係』は捜査一課長だけでなく、警察内の幹部たちからも注目を集める部署となっているのだった。

今日も瞬は徳永と共に、銀座《ぎんざ》で見当たり捜査にあたっていた。瞬は四丁目交差点を、徳永は数寄屋橋《すきやばし》近辺をそれぞれ受け持ち、朝から目立たぬように移動しつつ、捜査を続けている。

捜査の場所は、当日の朝に徳永が決めるのだが、銀座はよく選ばれた。今まで瞬は銀座で三人の指名手配犯を逮捕に導いている。人通りが多い上に、イメージ的に裕福な人間が多数いるからだろうかと思いつつ、瞬は今日も交差点を自分のいる方向に渡ってくる大勢の人たちへと視線を注いでいた。

夕方近い時間ということもあり、人通りが増えてきた上に、顔の判別がつきづらくなってきた。黄昏時《たそがれどき》は『たそかれ』――「誰《た》そ彼《かれ》は」からきていると、以前聞いたことがある。それだけにより注意深くならなくてはと目を凝《こ》らしたとき、ポケットに入れたスマートフォンが着信に震えた。

おそらくそろそろ切り上げようというのではないか。予想しつつ画面を見るとやはり徳永からで、瞬は電話に出た。

『今、どこだ？』

緊迫感溢《あふ》れる声に、予想が外れたことをすぐさま悟る。

「和光《わこう》の前です」

『渡辺孝正《わたなべたかまさ》と思われる男を尾行中だ。合流できるか？　今、帝国《ていこく》ホテルに入るところだ』

「わかりました。すぐ向かいます」

渡辺孝正――指名手配犯のリストの十六ページ、五年前、強盗殺人犯として指名手配された男だ。人の顔を覚えることに労力はかからないが、名前や罪状は顔ほど容易に記憶できない。日々、資料を読み込んだ結果、顔と名前、それに罪状に加えてファイル内のページ数も瞬の頭に刻まれることとなったのだった。

渡辺は当時四十五歳、今は五十歳になるはずである。風貌《ふうぼう》に変化はあるだろうか。五年程度ならさほどかわらないか。しかし整形手術を施《ほどこ》している可能性もあるし、油断はできない。

そう自身に言い聞かせてはいたが、実際、いかに整形をしていようが体型がかわっていようが加齢による変化であろうが、瞬は『人の顔』であればたちどころに同一性を見出《みいだ》すことができるのだった。

焦ってホテルに駆け込み、ロビーに向かう。

「こっちだ」

ラウンジ前で声をかけられ、瞬は視線をそのほうへと向けた。

「今、フロントでチェックインをしている。わかるか?」

柱の陰から声をかけてきたのは徳永だった。百八十センチを超す長身に加え、縁無し眼鏡《めがね》が理知的な雰囲気《ふんいき》を醸《かも》し出しているその顔は、類を見ないほどの美形であるにもかかわらず、決して人目を引くことなく見事に気配を消している。

「鍵《かぎ》を受け取ってエレベーターに向かっている。今、ベルボーイの同行を断っている男だ」

声を潜め囁《ささや》いてくる彼の視線を追い、当該《とうがい》の男を見る。

「どうだ？」

「間違いなく渡辺だと思います」

距離は少しあったが、瞬の視力はよく、はっきりと男の顔を見ることができた。色目の濃いサングラスをしているのに加え、雰囲気も随分《ずいぶん》変わっていたが、渡辺であるという確信を瞬は抱いた。

手配書の写真はガラの悪いチンピラ風だったのだが、今、目の前にいる男は仕立てのいいスーツを着た、いかにも富裕層に属した人間に見える。

この五年の間に、彼の人生に何かしらの変化があったということだろうか。しかしそこに思いを馳《は》せている場合ではない、と瞬は徳永を振り返った。

「捜査一課に知らせます」

「ああ、頼む。俺は引き続き彼を見張る」

徳永はそう告げると、気配を消したままエレベーターへと向かっていった。チェックインをした渡辺が間違いなく部屋に入るのかを確認するのだろうと察しつつ、瞬は急いで外に出ると、捜査一課の馴染《なじ》みの刑事、小池《こいけ》に電話をかけた。

「五年前に強盗殺人で指名手配されている渡辺孝正を発見しました。帝国ホテルです。すぐ来られますか?」

『渡辺孝正!　都内にいたとは、畜生《ちくしょう》!　すぐ行く!』

小池は徳永の後輩で、以前捜査一課でペアを組んでいた、体育会系のいかつい、そして気のいい刑事だった。徳永を慕《した》って警視庁の地下二階にある特殊能力係に入り浸り、瞬のことも可愛《かわい》がってくれている。

『お手柄だぞ、瞬!』

「見つけたのは徳永さんです。ホテルにチェックインした渡辺が部屋に入るかどうかを見張っています」

『徳永さんだったか。さすが「特能《とくのう》」。二人とも凄《すご》いよ。ともあれ、すぐ行くから!』

すっかり興奮した様子の小池は言い終わるより前に電話を切っていた。五年もの間逃げおおせていた犯罪者を逮捕できるのだ。興奮しないわけがないと瞬は一人頷《うなず》くと、渡辺がホテルを出ようとする可能性を考えて、エレベーターから乗り降りする客が見える場所に佇《たたず》み、彼が姿を現さないか見張り続けたのだった。

小池ら捜査一課の面々が到着したのと入れ違いに、徳永と瞬はホテルをあとにした。渡辺が間違いなくチェックインした部屋に入ったところを徳永が確認しており、逮捕されるのは間違いないと思われる。

「小池さんが興奮してました」

「あいつはいつでも興奮しているだろう」

安堵《あんど》と達成感から、瞬ばかりか徳永もまた珍しく軽口モードとなりながら警視庁へと戻ってきたのだが、建物内に入ろうとしたそのとき、背後から徳永を呼び止める声が響いてきて、二人の足を止めさせたのだった。

「徳永君」

女性の声ということもあって、瞬は物凄い勢いで振り返ってしまった。

「……っ」

それにびっくりしたらしいその女性が目を見開く。

綺麗《きれい》な人だ、というのが瞬の第一印象だった。艶《つや》やかな黒髪のストレートロング、色白の肌に切れ長の瞳。純和風の美女である。

顔立ちにも、そして服装にも品がある。年齢は徳永と同年代か少し上、という感じだろうか。

本来であれば驚かせたことを詫《わ》びるべきであるのに、それを忘れてまじまじと観察してしまっていた瞬は、徳永が喋《しゃべ》り出したことでようやく我に返ることができたのだった。

「美貴子《みきこ》さんじゃないですか。どうも、ご無沙汰《ぶさた》しています」

「！」

未だかつて瞬は、徳永が女性に対し、こうも親しげ、かつ柔らかな笑顔を向けたところを見たことがなかった。

驚愕《きょうがく》から今度は食い入るように徳永の顔を見てしまったからか、徳永は煩《うるさ》げな視線を瞬に注いだかと思うと、

「今日はここで解散とする。帰っていいぞ」

そう淡々と告げ、視線を再び美女へと向けた。

「どうされたんですか？」

「お忙しいのに、ごめんなさいね。実はちょっと……その……」

美女が未だ、その場に佇んでいた瞬をちらと見やる。

「し、失礼しました！　席に戻ります！」

『帰っていいぞ』は立ち去れということだったのだ。戸惑いと驚きが大きすぎて察することができなかった、と、瞬は慌てて二人に頭を下げ、建物内に駆け込んだ。

エレベーターを待ちながら、あの美女は誰なのだろうと考える。

徳永の知り合いであることは間違いない。『ご無沙汰しています』と言っていたから旧知の仲だろう。丁寧語《ていねいご》だったことを思うと、先輩とか？　女性の方は親しげな口調だったように思う。

何より気になったのが互いの呼び方だった、と瞬は徳永の声と、そして彼の嬉しげな笑顔を思い起こした。

『徳永君』

『美貴子さんじゃないですか』

美貴子さん――名字ではなく名前呼びというのは、それだけ親しいということではないのか。

一体どういう関係なのだろう。元恋人同士――であれば、徳永が丁寧語にはならないか。サークル等の憧れの先輩といった感じだろうか。そんな印象がある。

しかしその憧れの先輩が、なぜ徳永を訪ねてきたのか。警視庁前で徳永の帰りを待っていたのか。それとも他に警視庁に用事があり、偶然徳永を見かけて声をかけたのか。

いや、偶然じゃない。何か用事があって、待ち伏せていたようだった。自分が傍にいたのでその用事を言い渋っていたじゃないか。と、ここまで考えたあたりで地下二階の自席に到着したので、瞬はそのままどさりと席に座り、徳永と美女のことを考え続けた。

なぜこうも気になるかといえば、徳永が紹介してくれなかったからだ。今まで徳永と共にいるとき彼の友人知人に会った場合、全員紹介してくれていたというのに、彼女には紹介の労を執《と》ってくれなかった。

いや、違う。今まで紹介してくれていた『友人知人』はすべて捜査にかかわっていた人たちだった。新宿西《しんじゅくにし》署の刑事、二丁目の情報屋、そして科捜研《かそうけん》の坂本《さかもと》。いわば全員、仕事絡みで紹介されただけだったと、今更のことに瞬は気づいた。

完全なプライベートの友人知人は紹介するつもりがない。そういうスタンスなのだろうか。気づけば瞬の口からは、落胆《らくたん》の表れである深い溜め息が漏《も》れていた。

がっかりするほうが間違っている。徳永は上司であって友人ではないのだから。自分にそう言い聞かせると瞬は、それでも気鬱《きうつ》になるのを堪《こら》えつつ、交通費の精算をすませてから帰路につくことにした。

今日やらなくてもいい事務処理をわざわざしたのは、徳永と美女が確実にいなくなってから出ようと考えたためだった。瞬なりに気を遣ったのだが、外に出て実際二人の姿がないのを確かめると、なんとなく落ち込む思いがするのだった。

もやもやとした気持ちを抱えたまま、地下鉄を乗り継ぎ自宅に戻る。瞬は今、両親名義の新高円寺《しんこうえんじ》にあるマンションに住んでいる。父の転勤に母が帯同し、今現在、二人はジャカルタに居を構えていた。

留守番として住んでいるところに、幼馴染《おさなな じ》みにして親友の佐生正史《さそうせいし》が転がり込んできて、今は二人で生活している。

佐生は私大医学部の学生なのだが、将来の夢は医者になることではなく小説家を目指しており、新人賞への応募を繰り返した結果、ようやく夢の入口に立てたところだった。担当編集がつき、短編を雑誌に掲載してもらえるようになったのである。

佐生の父親は著名な政治家だったが、佐生が子供の頃、両親は亡くなっている。大病院の院長である叔父《おじ》が父親がわりなのだが、叔父は佐生に病院を継がせたいと考えており、小説家になりたいという夢を真っ向から否定した。結果、佐生は叔父の家を出て瞬のもとに転がり込んできたのだが、今、叔父と佐生の仲は良好で、佐生の夢も応援してくれているという。

なのでもう、叔父の家に戻ってもいいようなものだが、瞬との生活が余程心地よいのか、はたまた瞬から小説のネタを仕入れたいのか——佐生が目指しているのはミステリー作家なのだった――未だ同居を続けている。

「ただいま」

「おかえり。どうした？　なんかテンション低そうだけど」

今日のようにちょっと落ち込んでいるときには、帰宅して独りぼっちではないというのもいいものだ。そう実感しつつ瞬は迎えてくれた佐生に対し、徳永のところに美女が訪れたこと、彼女を紹介してもらえなかったことを早速明かしたのだった。

「紹介してもらえないってことは、ワケアリだね」

訳知り顔でそう言いながら、佐生はビールを呷《あお》った。二人の前には佐生の叔母《おば》が今日届けてくれたという、デパ地下で購入した有名店の洋風惣菜《そうざい》が所狭しと並んでいる。

「ワケアリってたとえば？」

佐生に正解がわかるはずはないのだが、つい、聞いてしまう。小説家を目指している彼ゆえ想像力は豊かだろうと思いきや、発想は瞬とどっこいどっこいだった。

「元カノとかじゃないかな。あ、でも丁寧語だったんだっけ。だとしたらサークルの先輩とか？　聞いてみればよかったのに」

「紹介もされてないのにか？　それに、すぐ帰れって言われたんだぞ」

「『帰れ』は意訳だろ」

「いや、ほとんどそのまんま。『ここで解散とする。帰っていいぞ』と」

「となるとやっぱりワケアリだよ。だって普通、紹介しないか？」

「うーん。でも徳永さんは上司で、友達じゃないからなあ」

先程まで頭の中でぐるぐると考えていたことの繰り返しとなっている。溜め息をついた瞬に佐生は、

「単なる上司部下ってよりは、関係深いと思うんだけどなあ」

と言いつつ、またビールを呷った。

「だってたとえばさ、瞬が彼女と一緒にいるときに街中で徳永さんに会ったら紹介するだろう？」

「彼女いないし」

「たとえば、だよ」

佐生もいないくせに、と恨みがましく彼を見つつ、瞬は想像してみた結果、「うん、まあ」と頷《うなず》いた。

友人や恋人なら間違いなく紹介する。そう思って頷いた瞬に、佐生が問いを重ねてくる。

「元カノだったら？」

「元カノと一緒にはいないだろう」

「徳永さんと一緒にいるところに、元カノが声をかけてきたら？」

「声、かけてくるかな」

瞬にも『元カノ』といわれるような女性はいる。大学時代に付き合っていた同学年の彼女とは互いの就職活動の最中に関係は自然消滅していた。いわゆる修羅場《しゅらば》を演じて別れたわけではないので、街で見かけたらお互い声はかけるだろうが、果たして徳永に紹介するだろうか。

「かけてきたとして、だよ」

想像してよ、と佐生に睨《にら》まれ、瞬は考えた結果、

「紹介はするかな。友人とか同級生として」

と答えた。

「ああ、同級生だったもんね」

佐生は瞬の『元カノ』が誰だったかを思い出したらしく、彼もまた頷いたあと、悪戯《いたずら》っぽく笑ってこう言葉を足した。

「嫌いあって別れたわけじゃないしな。今、連絡とったらまた付き合いが復活したりして」

「俺の元カノはいいんだよ。とにかく、元カノでも紹介はする」

「じゃあ憧れの先輩だったら？」

「する」

「不倫《ふりん》相手だったら？」

「彼女もいないし奥さんもいないのに不倫できないだろ？　徳永さんも結婚してないぞ」

「向こうが結婚してるってパターンだよ」

「徳永さんは不倫するタイプじゃないと思うけどなあ。勿論《もちろん》俺もだけど」

「だから『たとえば』だよ。何度も言わせるなって。想像力ないなあ」

佐生に文句を言われるも、やはり想像できない、と瞬は首を傾《かし》げたままでいたが、徳永が不倫をするか否《いな》かは別にして、確かにそのくらいワケアリでない限りは紹介してくれそうな気がする、と思えてきた。

「不倫レベルのワケアリってなんだろう？」

それで佐生に問うたのだが、さすが小説家志望といおうか、現実にはあり得ないことを言い始め、瞬は思わず噴き出してしまったのだった。

「生き別れのきょうだいとか、ずっと行方《ゆくえ》不明になってた身内とか……あとは、あ、そうだ。『ローマの休日』みたいに身を隠している王女様とか」

「日本人だったから。身を隠してる王女がなんで徳永さんに会いにくるんだよ」

笑ってしまった瞬だったが、

「じゃあ、指名手配犯とか？」

と佐生に言われ、さすがにそれはない、と首を横に振った。

「徳永さんが指名手配犯とわかって見逃すはずないだろ」

「それはそうだ。悪い。冗談でも言っちゃいけないよな、それは」

即座に反省し、佐生が詫《わ》びる。徳永と瞬が日々、いかに指名手配犯逮捕に真剣に取り組んでいるかを鑑《かんが》みれば口にするべきではなかったと察したのだろう。

「……いや。ともかく、思いつかないってことは単に、徳永さんが俺にはプライベートの知り合いを紹介したくないってことなのかもな」

結論としてはそうなる。言ってて落ち込むが、と、瞬はビールを一気に呷った。

「明日、聞いてみればいいじゃん。想像で落ち込むとか馬鹿馬鹿しいぞ」

見かねたらしく佐生がそう声をかけてくる。自分でもそれはわかっている。しかしもし徳永に『プライベートにはかかわるな』と言われたら相当落ち込みそうだ、と、またも瞬は溜め息を漏らしそうになり、これこそがまさに『想像で落ち込む』状態だなと自嘲《じちょう》した。

「会いに来たのが女性だったから、倍、気になるんじゃない？　そうだ、小池さんに聞いてみるって手もあるかもよ」

『馬鹿馬鹿しい』と言いながらフォローに回ってくれる佐生の気遣いに感謝の念を覚える。確かに小池に聞く手もあるか。二人は過去、同じ三係にいたのだから、と考えたとき、瞬の頭に閃《ひらめ》きが走った。

「もしかして、昔の事件の関係者かも」

「……だとしたら『徳永君』と『美貴子さん』という呼びかけにはならないんじゃない？」

即刻佐生に切り捨てられ、そのとおり、と瞬はがっくりと肩を落とした。

「考えても答えは出ないって。あ、そうだ。瞬にお願いがあったんだった」

瞬への気遣いか、はたまた佐生自身がこの話に飽きたのか、話題を変えてくる。

「お願いって？」

まさか小説のネタを提供しろとかじゃないよな、と瞬が警戒しているのがわかったのか、佐生は、

「信用ないなあ」

とぶつくさ言いつつ、彼の『お願い』を告げ始めた。

「明日の夜なんだけどさ、叔母さんが食事に付き合ってほしいっていうんだ。一緒に行ってくれない？」

「華子《はなこ》さんが？　別にいいけど、なんで？」

何か話があるのだろうか。佐生ばかりか自分にも？　疑問を覚えつつも、明日は特に予定もないし、と瞬は承諾《しようだく》した上で理由を尋ねた。

「さあ？　叔母さんが是非《ぜひ》、瞬もと言うんだよ。明日は半蔵門《はんぞうもん》のレストランを予約したって言ってた。一見《いちげん》さんお断りのフレンチだって」

「えっ。高級店？　敷居が高いんだけど」

佐生の叔母、華子は美食家で、時折届けてくれる食事やお菓子も、彼女の眼鏡《めがね》にかなった品だけあって、イマイチと思ったことがなかった。

連れていってくれる店にもハズレがない。とはいえ庶民《しよみん》である自分の舌が高級フレンチレストランの料理の美味《おい》しさを感じることができるかとなると、まったく自信がない。まさに豚に真珠《しんじゆ》、猫に小判《こばん》状態になってしまうのは申し訳ないのだがと、瞬は尻込《しりご》みしてしまっていた。

「ドレスコードについては聞いておくよ。でも勤め帰りだったらスーツだろ？　問題ないんじゃないかな。それに叔母さん曰《いわ》く、気の置けない店らしいから、そんなに畏《かしこ》まらなくていいんじゃない？」

「ならいいけど、いや、でも俺なんかが行くのはもったいないような」

佐生は庶民の味も好きだが、高級店にも行き慣れているため、物怖《ものお》じすることがない。しかし自分は、と、どうしても後ろ向きになってしまう瞬の気持ちが佐生には今一つ理解できないようだった。

「だから叔母さんからの指名なんだってば。多分、普段仕事を頑張ってる瞬に、美味しいもの食べさせてあげたいんじゃない？　叔母さんが好きなレストランなんだよ」

瞬の態度を遠慮《えんりょ》ととったのか、または先程の失言への贖罪《しょくざい》か、佐生が尚も誘ってくる。

「俺も好きなんだ。感じのいいお店でさ。好きと言っても、今まで二回くらいしか行ったことないけどね」

美味しいよ、と佐生に笑いかけられ、瞬は断る理由もないかと、行くことを承諾した。

「じゃあ、叔母さんには行くって言っておくな。そうだ、待ち合わせ、どうする？　現地で大丈夫かな？　半蔵門の駅から結構近いよ」

「半蔵門か。うん、多分大丈夫。店の名前、教えてくれる？」

スマホで調べて行くよと瞬が言うと、

「そしたら、ＵＲＬ、送るよ」

と佐生がポケットからスマートフォンを取り出した。

「考えてみたら、瞬と叔母さんと三人で食事って久々だな」

「確かに。お前とも久々か。外で食べるの」

　最近大学に真面目《まじめ》に行くようになった佐生とは、夕食も別にとることが多くなっていた。

楽しい夜になりそうだ、と、ようやく瞬の頬《ほお》に笑みが浮かぶ。

「そんなことないだろ。日曜日、『天一《てんいち》』に一緒に行ったばかりじゃん」

「あ、そうか」

「先週は『餃子《ギョーザ》の王将《おうしょう》』に行ったし」

「そうだった。中華ばっかりだな、考えてみたら」

　そうして二人笑い合ううちに、瞬の心の中のもやもやが次第に小さくなっていく。やはり佐生がいてくれてよかったと改めて実感しながら瞬は、感謝の念を態度で示そうと、既に飲み干してしまっていた彼のために、新しい缶ビールを取りにキッチンへと向かったのだった。

2

翌日、いつものように出勤した瞬を職場で迎えたのは、徳永ではなく小池だった。

「おはようございます」

「よ、瞬。昨日はお疲れ。無事渡辺を逮捕できたぞ」

それを伝えに来たんだ、と言う小池が室内を見回す。

「さっきから待ってるんだが、徳永さん、戻ってこないんだよ」

「出勤は……してるみたいですね」

徳永の席を見るとファイルが机の上に置いてあるし、パソコンも開いている。朝、徳永が席にいないことは珍しいが、課長にでも呼ばれたのでは、と瞬は小池を見やった。

「捜査一課にも来てないぞ。課長は会議中だったし」

「そうですか」

となると？　と首を傾げた瞬だったが、そうだ、と思いつき、小池に昨日の女性のことを聞いてみることにした。

「小池さん、つかぬことをお伺《うかが》いしますが」

「つかぬことってなんだよ。気持ち悪い入りだな」

小池が早速茶化してくる。

「いえ、昨日、警視庁の前で徳永さん、純和風の美人に声をかけられたんですけど、誰だと思います？」

「純和風の美女？　聞き捨てならないな」

小池は興味を覚えたようで、逆に瞬に問い掛けてきた。

「年の頃は？　純和風ってことは着物か？　出勤前のホステスさんとか？」

「年は徳永さんと同年代か少し上、紺《こん》色の上品な感じのワンピースでした。黒髪ストレートのロングで、ホステスさんという感じはしなかったです。徳永さんのことを『徳永君』と呼び、徳永さんは『ミキコさん』と呼んでました」

「『徳永君』に『ミキコさん』か。部活動の先輩とかかね。警視庁に訪ねてきたのか？」

「多分……いや、もしかしたら偶然見かけたとかかもしれないんですけど」

「気になるならなんでその場で聞かなかったんだ？」

小池が不思議そうな顔になる。

「そういう雰囲気《ふんいき》じゃなかったんですよね。なんとなく」

「ミキコさん……和風美人……うーん、なんかひっかかるような、ひっかからないような……」

「どっちなんですか」

瞬が思わず突っ込んでしまったそのとき、ドアが開き、徳永が部屋に戻ってきた。

「あ、徳永さん、おはようございます。あのですね……」

「小池、係長が探していたぞ」

本人に聞く気満々のようだった小池に、徳永が開口一番告げた言葉がそれだった。

「え？　あ、しまった。もうこんな時間か！　また来ます！」

慌てた様子で小池が部屋を飛び出していく。

「おはようございます。あの……」

それなら自分が、と瞬は勇気を振り起こしたのだが、徳永は瞬が聞きたいことを勘違いした上で答え始めた。

「坂本のところに行っていた。任務絡みではなくプライベートだ。思ったより時間がかかってしまったが、小池は何か俺に用があったのか？」

「渡辺孝正逮捕の報告と言ってました」

「律儀《りちぎ》だな。ニュースで報道もされているのに」

徳永は苦笑すると、自席へと戻っていく。

「今日は渋谷《しぶや》にするか。最近、選んでなかったから。五分後に出られるか？」

「あ、はい。大丈夫です」

尋ねるきっかけを完全に失ってしまった。わざというわけではないだろう。そもそも、自分が美女のことを気にしているとは、徳永は想像もしていないに違いない。それだけに昨日のことを蒸し返すのはどうかと瞬は思ってしまい、結局その日はそのままいつものように見当たり捜査に出かけることにしたのだった。

午前中から午後三時すぎまで渋谷で張り込んだあと、原宿《はらじゆく》から新宿へと場所を移したが、指名手配犯を見つけることはできないまま、午後六時の終業時刻となった。

「今日は警視庁には戻らず、ここで解散とする」

徳永が警視庁に戻らないことは滅多《めつた》にない。しかしそうした場合は聞くより前に、どのような用事があると教えてくれるのだが、今日、徳永はそれ以上何も言わず、

「それではまた明日」

と挨拶《あいさつ》をし、踵《きびす》を返してしまった。

「…………」

昨日の美女絡みだろうか。まったくの別件か。聞いてみたい。が、言わないのは聞かれたくないからではないか。

しかし気になるのなら、と逡巡《しゅんじゅん》しているうちに徳永の背が雑踏に紛《まぎ》れ見えなくなる。仕方がない、と瞬は溜め息をつくと、少し早いが佐生と彼の叔母《おば》、華子との約束の店へと向かうことにした。

駅まで行ったところで、華子にはおそらくご馳走《ちそう》になるのだから、何か手土産《てみやげ》を買っていこうかと思いつく。とはいえ華子は自分のほしいものは自分で買いたいタイプであるので、何を選んでいいのか迷う。チョコレートか何か、あまりかさばらないものにしようと思いつつデパートの地下を巡り、彩《いろど》りの綺麗《きれい》なマカロンに決め、購入した。

約束の七時半の十分前にはレストランに到着したが、既に華子と佐生は店内で瞬を待っていた。

「すみません、お待たせしました」

「いいのよ。約束より前じゃないの」

華子は今日、紺色に白襟《しろえり》の上品なワンピース姿だった。瞬の頭に昨日、徳永のもとを訪れた女性の姿が蘇《よみがえ》る。

今日も徳永は彼女と会っているのだろうか。こうして食事に行っていたりして。そんな

ことを考えていた瞬は、華子に、

「何を飲む?」

と声をかけられ、我に返った。

「シャンパンでいいかしら?　今日はもう飲んでも大丈夫でしょう?」

「大丈夫です」

「よかったわ」

華子は相変わらず天真爛漫《てんしんらんまん》、明るい笑顔を浮かべているように見えた。が、笑顔の下に翳《かげ》りがあるような、と、瞬はつい、華子の顔を凝視した。

「なんだよ、瞬。叔母さんをそんなに熱く見つめて」

佐生が揶揄《やゆ》してきたのに、華子が、

「あら、そうなの?」

と乗ってくる。

「照れるわね。じゃなくて、もしかしていよいよお見合いをセッティングしてほしくなったのかしら?　それならどうか任せて」

「いや、違います。今日の用件は何かなと思っただけで」

沈んでいるように見えると指摘するのも躊躇《ためら》われ、瞬は適当に誤魔化《ごまか》すことにした。

「ああ、ごめんなさいね。今日は二人にピンチヒッターを頼んでしまったの」

「ピンチヒッター?」

「え?　瞬と俺に何か用事があるんじゃなかったの?」

瞬と佐生の驚いた声が重なって響く。そこにソムリエが来たので華子はシャンパンをグラスで頼み、続いてやってきたギャルソンに、瞬と佐生に内容を確かめつつコース料理を注文した。

間もなくシャンパンが運ばれてきて、理由もなく乾杯をしたあと、佐生が待ちかねたように華子に話しかけた。

「瞬と俺の二人に用があるのかとばかり思ってたよ」

「久々に瞬君とじっくり話したかったというのは勿論《もちろん》本当よ」

「でもピンチヒッターなんだろ?　本当は誰と来る予定だったの?」

それは自分も知りたい、と瞬は華子へと視線を向けた。

「蘭子《らんこ》ちゃんとみちる叔母さんとよ。二人とは一年に一度、このお店で食事をとることにしていたの」

「蘭子ちゃんは叔母さんの従姉《いとこ》だよ」

瞬は知らないだろうと、佐生が説明してくれる。

「ええ。一つ違いの従姉なの。神戸《こうべ》に住んでいるから頻繁《ひんぱん》には会えないんだけど、年一で彼女たちが上京し、お気に入りのこのレストランで夕食をとるの。もう何年続いているかしら。毎年の楽しみなのよ」

華子がその説明を引き継ぎ、瞬に告げたのを聞き、佐生が首を傾《かし》げつつ声を発する。

「それが中止になったんだ？　なら日程を変えればよかったんじゃない？」

「そうなんだけどね……」

華子がここで溜め息を漏《も》らす。表情が暗くなったことには佐生も気づいたらしく、

「叔母さん？」

と問い掛ける。と、そこに料理が運ばれてきたため、会話はまたも中断することになった。

「そういえばあなたの小説のほうはどうなの？」

次に華子が口を開いたときには、敢《あ》えてなのか話題を変えていた。佐生も、そして瞬も気づいていたが、話したくないのだろうと判断し、彼女に振られる話をできるだけ盛り上げるように心がけ、華子にとって楽しい時間となるべく、密かに尽力したのだった。

料理のコースは進み、デザート前のチーズが出てきた頃、華子はようやく話題をもとに戻した。

「実はみちる叔母さん……認知症が進んでしまって、上京できないって連絡があったのよ」

「叔母さんの叔母さんって、ハキハキしてる凄《すご》いしっかりした人だよね、確か」

佐生は面識があるらしく、思い出すような顔になりながら華子にそう問い掛ける。

「そうね。昔、客室乗務員だったからか、ハキハキテキパキ、しかも気遣いも完璧《かんぺき》だったの。それが今は……」

華子がここで言葉を切り、はあ、と溜め息を漏らす。

「財布がなくなったとか、ご飯をまだ食べていないとか……そのうちに徘徊《はいかい》まではじまってしまって。上京どころではないということになったのよ」

「そうだったんだ……」

他に相槌《あいづち》の打ちようがなかったようで、佐生が小さく呟《つぶや》く。

「……それは大変だね」

「大変みたい。まだらぼけっていうのかしら。時々は普通に戻るそうなのよ。それで施設に入れるかどうかは迷っているみたい。今日も調子がよかったら来られるかもと思っていたらしいんだけど……」

ここで華子はなぜか言葉に詰まり、俯《うつむ》いた。

「叔母さん？」

どうしたの？　と正面に座る佐生が彼女の顔を覗《のぞ》き込む。

「みちる叔母さん、私のこと、まったく覚えていないっていうのよ」

「覚えてない？　名前を？」

佐生が驚いて目を見開く横で、瞬も息を呑《の》んでいた。

「存在自体を覚えてないんですって。華子という名前の姪《めい》なんて知らない。毎年、東京の村上開新堂《むらかみかいしんどう》で会ってたじゃないって言っても、そんな子は知らないって……」

「叔母さん……」

華子が涙声になっていることに佐生は気づいたようで、痛ましそうな声で彼女に呼びかける。

「……みちる叔母さんには随分可愛《ずいぶんかわい》がってもらったの。亡くなったうちの母とも仲が良くてね。母と叔母さんと蘭子ちゃんと私、四人でヨーロッパに行ったりしたのよ。国内旅行もよくしたわ。そういうこと、全部忘れちゃってるんですって。蘭子ちゃん、泣いてたわ。いつ自分も忘れられてしまうかと思うと、毎日怖いって……」

「……叔母さん……」

「そんな話聞いてたらなんだかやりきれなくなっちゃってね。それであなたたちに付き合ってもらおうと思って誘ったの。ごめんなさいね、湿っぽくなっちゃって」

「謝るようなことじゃないよ。そんなに仲良くしてた叔母さんが自分のことを覚えてないなんて、どれほどショックだろうかって思うし」

佐生のフォローを聞き、華子は顔を上げ微笑《ほほえ》んだ。

「本当にあなたはいい子ね。もてないのが不思議だわ」

「いや、もててますから」

揶揄《やゆ》しつつも叔母の目が涙で潤んでいることに気づいたらしい。佐生が敢えてむっとしたように振る舞うのに、瞬も乗ることにした。

「もててないだろ。この間も合コンで玉砕《ぎょくさい》したって言ってたじゃないか」

「瞬、ここでバラさなくてもいいだろ！」

「いくらモテなくても、またいかがわしいサイトに登録するのはやめてよ」

「叔母さん、いかがわしくないから。しかも、もう懲《こ》りてるから」

「結果的にはいかがわしかったんじゃないかな」

「瞬、蒸し返すのはやめてくれよ。叔母さんの誤解が深まる上に、俺もハートブレイクなんだから」

「ほら、やっぱりいかがわしいんじゃない」

「違うって」

華子が朗《ほが》らかな笑顔となることに、佐生が安堵《あんど》しているのが隣から伝わってくる。瞬もまた安堵しながら、その後も華子の気持ちが晴れるような話題を選び、楽しく食事を終えたのだった。

「今日、そっちに泊めてもらっていい？」

レストランを出るとき、佐生が華子にそう尋ねたのは、叔父《おじ》が医師会の会合で九州出張中と聞いたためと思われた。

「別にいいけど、私のこと心配してるのなら大丈夫よ？」

華子の言葉に佐生は、

「そういうんじゃないよ。本を取りにいきたいんだ」

と答えてはいたが、それが単なる口実であることは瞬にも、そして華子にもよくわかっていた。

「そしたら瞬、またな」

「ああ。またな」

佐生と華子と笑顔で別れたあと瞬は一人帰路についたのだが、気づくと華子の叔母に関する話を思い出していた。

認知症に関する知識を瞬はほとんど持っていなかった。たまにニュースで見る程度でしか馴染《なじ》みがない。

大学時代の友人の祖父が認知症で、あるとき行方《ゆくえ》不明になり大変だったという話を聞いたことがあったな、と、瞬はそのときのことを思い出した。

いつの間にか家から出ていて、徘徊した結果、どのようにして向かったのか、電車で三駅も先の街の交番に保護されていた。歩いていったのだろうが、そんな体力があるとは思えない。本当に謎なんだと不思議そうに話していたその友人の祖父は確か、それから間もなくして施設に入ることになったのではなかったか。

年を取れば記憶力も落ちる。瞬の両親の年代でも、物忘れが酷《ひど》くなったと零《こぼ》していたことを思い出す。

自分も年をとれば記憶力は衰えるのだろうが、人の顔も忘れるようになるのだろうか。

瞬はふと、そんなことを考えた。

もしや今も自覚がないだけで、昔に会った人の顔は忘れているのかもしれない。この人は覚えている、この人は忘れている、と、答え合わせができるわけがないので確かめようがないが、能力が衰えたら努力でまかなえるものなのだろうか。

毎日、指名手配犯のファイルを見ればなんとかなるのか。しかし華子の叔母のように存在自体を忘れてしまったら？

仕事を続けられなくなるかも、と溜め息をつきそうになり、それは老人になってからの話じゃないかと我に返る。

先のことは考えても仕方がない。この能力が働くかぎりは精一杯、業務に活《い》かしていくだけだ。

よし、と一人頷《うなず》く顔が、地下鉄の暗い窓に映る。そのとき瞬の頭からは、あれだけ気になっていた徳永の知り合いと思《おぼ》しき純和風美女の存在はすっかり消えていたのだった。


翌日、徳永の顔を見たときに美女のことを思い出したものの、二日も経ってしまうともう問い掛けるきっかけも摑《つか》めず、解明は諦めることにしようと瞬は心を決めた。

徳永の様子が普段とまるでかわらないことで、そう思えるようになったというのもある。

その日も二人は東京駅から西に下って吉祥寺《きちじょうじ》、そして荻窪《おぎくぼ》で見当たり捜査を続けたが、指名手配犯を見つけることはできなかった。

荻窪で瞬は見覚えのある男を見つけ気を張り詰めたのだが、犯罪者ではなく以前捜査で一緒になった捜査二課の刑事の変装と気づき、緊張を解いたのだった。

業務を終えたときに、徳永は瞬に、このまま帰宅してもいいと告げた。

「わざわざ警視庁に戻るのも大変だろう」

「いえ、大丈夫です。戻ります。今日は佐生もいないですし」

「そうか、なら今日、飲みに行くか?」

徳永に誘われた嬉しさに、瞬の気持ちが一気に上がる。

「はいっ! よろこんで!」

「居酒屋か」

徳永は苦笑し、それから二人は何を食べに行くかという話をしながら警視庁へと戻ってきた。

建物内に入り、エレベーターに向かおうとしたそのとき、受付に座っていた職員が徳永に声をかけてきた。

「徳永さん、富樫《とがし》さんという方が三十分ほど前からお待ちです。先程まであの椅子《いす》にいらっしゃったんですけど」

「富樫さんですか?」

徳永が驚いたように目を見開く。

「はい。約束はしていないので待つとおっしゃって。お手洗いかな……あ、戻ってらっしゃいました」

職員の視線を追い、瞬も徳永と共に振り返る。手洗いから戻ったと思われるのは、がっちりした体型の中年の男性だった。背はさほど高くない。全身から醸《かも》し出す雰囲気《ふんいき》から、もしや同業かなと瞬が思っているその横で、徳永が珍しく大きな声を上げる。

「富樫さん！」

「おう、徳永。久し振りだな。元気でやってるか？」

笑顔で返してきた富樫という男、徳永のもと上司だろうか。身のこなしにも隙《すき》がなく、やはり刑事ではないかと思った瞬に、男の視線が移る。

「お前の部下か？」

会釈《えしやく》をした瞬に会釈を返してくれながら、男が徳永に問い掛ける。

「はい。部下の麻生です。今年二年目の若手です。麻生、俺のもと上司の富樫さんだ。今は警備会社に勤務していらっしゃる」

「麻生君、よろしく」

「よろしくお願いします。麻生です」

笑顔を向けてくる富樫に瞬は頭を下げる。やはり徳永の上司。しかし現役《げんえき》ではなくＯＢとは思わなかったと瞬は顔を上げながら、富樫の年齢を密かに観察した。

定年を迎えるにはまだ間があるように見える。五十代前半ではないのか。瞬としては『密かに』観察したつもりだったが、相手にはバレバレだったらしく、苦笑しつつ瞬に話しかけてきた。

「別に不祥事《ふしょうじ》で刑事をやめたわけじゃないぞ。五十になったときに怪我《けが》してな。それで退職したんだ」

「す、すみません！　そんなつもりではなかったんですが……っ」

失礼な態度を取ってしまった、と、瞬は慌てて詫《わ》び、深く頭を下げた。

「はは、徳永の部下は元気だな」

「声が大きいんです」

やれやれ、というように徳永が溜め息をつき瞬を見る。

「……すみません……」

最近声の大きさを注意されることはなくなってきたというのに、と落ち込んでいた瞬に徳永が、

「悪いが今日はキャンセルにしてもらえるか？」

と申し訳なさそうに告げてきた。

「あ、はい。勿論《もちろん》です」

突然の来訪ではあるが、もと上司が用事もないのに徳永を訪ねて来るはずがない。飲みに行こうと誘われたところではあったが、当然、優先すべきはもと上司だ。それで瞬は即答した上で、

「失礼します」

と頭を下げ、一人でエレベーターホールに向かおうとしたのだが、それにストップをかけてきたのは富樫だった。

「キャンセルって、もしかして約束してたのか？」

「約束というか、終業後飲みにいこうかと言ってたんです」

「そりゃ申し訳ない。ああ、そうだ。麻生君も来るといい。徳永がどんなふうに上司風を吹かせているか、聞かせてもらいたいしな」

「え？」

富樫の言葉に瞬も驚いたのだが、徳永は更に驚いたらしく、

「いいんですか？」

と意外そうな顔になる。

「もちろんだ。麻生君さえよければだが」

そう言い、富樫が視線を送ってくるのに瞬は、

「よろしくお願いします！」

と元気よく返事をしたあと、承諾《しょうだく》してよかったのかと徳永を見た。瞬としては、徳永もまた承諾してくれると予測していたのだが、それに反し、彼の表情は逡巡《しゅんじゅん》を物語っているような複雑なもので、断ったほうがよかっただろうかと思わず息を呑《の》む。と、それで徳永は我に返ったらしく、

「行くか」

と笑顔を向けてくれたのだが、どこか無理をしているように見えないこともなかった。しかしここで遠慮《えんりょ》をすると、逆に二人に気を遣わせることになるのではと案じ、瞬は彼らのあとに続くことにした。様子を見て途中で帰ればいいと思ったのである。

「警視庁には俺は勤めたことがないからな。店の心当たりはまるでない。よさそうなところに連れていってくれるか？」

建物の外に出ると富樫がそう徳永に声をかけた。

「何が食べたいですか？　富樫さんは日本酒派でしたよね？　意外にワインも好きでしたっけ」

「意外ってなんだよ。酒でいったらワインだろうが焼酎《しょうちゅう》だろうが紹興酒《しょうこうしゅ》だろうが好きだぞ」

「和洋中なら何が食べたいですか？」

「そうだなあ。二人はどこに行く予定だったんだ？」

「よく行く中華料理店です。餃子《ギョーザ》が美味《うま》いんですよ」

「餃子、いいな。そこに連れていってくれよ」

富樫の言葉を聞き、瞬はタクシーを捕まえるべく駆け出した。ちょうど走ってきた空車に手を上げ、車を停めたのを見て、富樫が笑顔で声をかけてくる。

「フットワークが軽くていいな。教育の賜《たまもの》かね」

「富樫さんの遺伝子ですよ」

親しげに会話をしながらタクシーに近づいてくる二人を、瞬は微笑《ほほえ》ましい思いを胸に見つめていた。

それにしても約束もなく訪れたのは急用があったからではないのか。自分に同席を許したということは、特に用事があったわけではなく、何か警視庁についでがあったとか？

それらの疑問はすべて、これから明らかになるだろう。徳永がどんなに素晴らしい上司であるかを富樫に伝えると共に、富樫から若い頃の徳永の話を是非《ぜひ》聞かせてもらいたい。誘ってもらえて本当によかった、と心から喜びながら瞬は、二人が後部シートに乗り込むのを待ってタクシーの運転手に、行き先を神保町《じんぼうちょう》と弾む声で伝えたのだった。

3

徳永のもと上司であるという富樫と徳永、それに瞬は、よく行く神保町の中華料理店『三幸園《さんこうえん》』の三階の座敷で向かい合い、まずは中ジョッキで乾杯をした。

「適当に頼んでくれ」

メニューを富樫に見せると、富樫はそう言い、ジョッキを呷《あお》る。彼がほとんど左手を使っていないことに瞬は気づき、もしや怪我というのは左手に負ったのだろうかと推察した。

注文は徳永が行った。すぐに運ばれてきた四人前の餃子を富樫が気に入ってくれたことに安堵《あんど》しつつ、飲むピッチが早い彼のために、瞬は早々に紹興酒のボトルを頼みに階下に降りた。

「こうして飲むのは何年ぶりだろうな。懐かしいよ」

富樫が酔いで目の縁を赤くしながら、そう徳永に笑いかける。

「すっかりご無沙汰《ぶさた》してしまってすみません」

「いやいや。お前は随分《ずいぶん》と義理堅いほうだぞ。未だに年賀状を送ってくるのなんてお前くらいだよ。最初に配属された所轄《しょかつ》の上司というだけなのにな」

「それだけ世話になったということですよ」

徳永が苦笑するように微笑み告げるその横で瞬は、『最初の上司』である徳永に自分は年賀状を出していないと思い当たり、真っ青になっていた。

虚礼廃止《きょれいはいし》ということで、年賀状や中元歳暮《ちゅうげんせいぼ》は贈らなくていいと徳永本人から言われていたが、気を遣ってもらったということか。

「す、すみません……」

それで謝罪した瞬に徳永が呆《あき》れたように答えてくれる。

「年賀状を出しはじめたのは、富樫さんのもとを離れてからだ。虚礼廃止と言っただろう」

「はは、素直で可愛《かわい》い部下じゃないか」

それを見て富樫は楽しげに笑うと、瞬に向かって身を乗り出し、悪戯《いたずら》っぽい表情を浮かべつつ喋《しゃべ》り始めた。

「徳永が新人の頃は、そりゃあ生意気だったんだぞ。新人歓迎会をやろうとしていたら、そんな時間があるなら、現場周辺の聞き込みをかけるべきではないんですか、とか言われちゃってな」

「えっ。それはすごい……」

しかし徳永なら言いそうだ、と納得してしまっていた瞬の横で、徳永が慌てた声を出す。

「信じるなよ、麻生。富樫さん、嘘言うのはやめてください。そんなこと新人が言えるはずないでしょう」

「そうだったか？　じゃあ二年目の話かな」

「言ってません」

「じゃそういう顔をしてたってだけか」

「してませんって」

和気藹々《わきあいあい》とした雰囲気《ふんいき》で会合は進んでいく。

「実際は、警察学校での成績が一番っていうんで、どんな生意気な奴が来るのかと思っていたら、腰は低いわ、フットワークは軽いわで、あっという間に溶け込んだんだよ。その上覚えは早いし、勘所《かんどころ》はいいしで、所轄の検挙率を一気に押し上げてくれてたな。徳永がいなくなって暫くの間は『伝説の新人』と話題になったもんだ」

その上富樫は気遣いの人らしく、瞬を蚊帳《かや》の外に置かないように、頻繁《ひんぱん》に話しかけてくれる。徳永の新人時代の話題は瞬にとってはさすが、と感心することばかりで、今まで以上に尊敬の念を高めることとなった。

「随分と盛ってくれてるんだからな。信じるなよ」

徳永は照れているのか、はたまた謙遜《けんそん》なのか、富樫が自分を褒《ほ》めるたびに否定の言葉を口にする。

「嘘は言ってないぞ。覚えてるか？　お前が初めて手錠《てじょう》をかけた日のこと。他の皆は、犯人は逃走したと現場を飛び出しかけたが、お前は冷静に観察し、まだ建物内に潜んでいると主張して皆の足を止めさせた。新人らしからぬ堂々とした態度を、かなり長いこと弄《いじ》られてたじゃないか」

しかし徳永の否定をまた富樫が否定し、詳細を語ることで話の信憑性《しんぴょうせい》を高めていく。

「そんな昔のこと、よく覚えてますね」

最後には徳永が渋々と認めたのだが、そう言った直後なぜか彼は、一瞬気まずそうな顔となった。

「覚えているさ。記憶力は昔からいいんだ」

そんな徳永をちらと見たあと、富樫は豪快に笑うと、手を伸ばして徳永の肩を叩く。

「酒が空《あ》いちまった。もう少し飲まないか？」

「あ、すみません！　すぐ注文してきます！」

話を聞くのに夢中になっているうちに、紹興酒のボトルが空《から》になっている。しまった、と気の利《き》かない自分を責めながら瞬は慌てて立ち上がり、注文をするため階段を駆け下りた。

顔馴染《かおなじ》みになっている店員が、少し待ってくれればボトルを手渡しすると言うのでそれを待ち、急いで階段を駆け上がる。

「すみませんでした！」

相変わらず場の空気は楽しい話で沸いているだろうと瞬は思っていたのだが、なぜか二人の間には気まずそうな沈黙が流れており、一体どうしたことかとその場に立ち尽くしてしまった。

「お、麻生君。悪いな」

富樫が気を遣ってくれたのか、笑顔で声をかけてくる。

「あの、どうぞ」

空になったグラスを差し出してきた彼に、慌てて温かな紹興酒を注ぐ。

「ありがとう」

瞬に礼を言うと富樫は紹興酒を啜《すす》ったあと、硬い表情をしている徳永に声をかけた。

「心配かけて悪かった。まさか美貴子がお前のところに相談に行くとは思わなくてな」

「……っ」

『美貴子』——あの美女の名前だと気づいた瞬は思わず声を上げそうになったのを慌てて堪《こら》えた。

「奥さんは富樫さんを心配してましたよ」

続く徳永の言葉で、どうやら『美貴子』が富樫の妻であることがわかり、またも瞬は声を上げそうになるのを堪えねばならなかった。

「心配性なんだよ。あいつは」

「もと看護師の彼女の言うことを真剣に聞いたほうがいいですよ」

そう告げる徳永の顔はこの上なく真摯《しんし》で、口調には熱が籠《こ》もっていた。真面目《まじめ》に話を聞いてほしいという気持ちが伝わってくる徳永を前にし、面倒くさそうな顔で聞いていた富樫の表情が次第に変わっていく。

「……勿論《もちろん》、頭じゃわかってるんだよ。そうすべきだってな」

俯《うつむ》いた彼の口からぼそりと、力ない声が漏《も》れる。もしや自分はここにいるべきではないのではと瞬は部屋を出ようとしたのだが、富樫が喋り出したためきっかけを失い、その場で下を向いていた。

「だが、どうにも勇気が出なくてな。診察を受けて医者からアルツハイマーと診断されたら、現実として受け入れざるを得なくなるだろう？」

「……っ」

アルツハイマー。瞬も勿論、それが認知症のことだと知っている。富樫は五十代に見えるので、いわゆる若年性の認知症だろう。

話には聞いたことがあるが、瞬の身の回りにはいない。しかし、認めたくない気持ちになるのは想像できる。心の中で呟《つぶや》く瞬の隣では、徳永が懇々《こんこん》と富樫に訴えかけていた。

「気持ちはわかります。しかしもし本当に若年性のアルツハイマー型認知症だったとしたら、進行を止める治療に一刻も早くかかったほうがいいです。先送りにしていればその分、認知症は進行します。お願いですから病院に行ってください」

「……わかった。わかったよ。行く。そうだよな。治療は早いほうがいい」

富樫は微笑《ほほえ》んでいたが、その声は今まで聞いていたのとはまるで違う弱々しいものだった。

「約束してください」

「わかっている。行くさ。アルツと決まったわけじゃないんだ。違うと言われれば安心もできるしな」

言い返した富樫の態度はどう見ても空元気《からげんき》としかいいようがなかった。自分でもそれがわかるのだろう。苦笑したあと、諦めたように首を横に振る。

「とはいえ、自覚はあるんだ。人の名前を思い出せないことがよくある。シェイビングクリームのストックを毎日買ってきたのを忘れていたりな。美貴子に指摘されるまで気づかなかった。おかしいとは自分でも思うんだよ。だが……」

　ここで富樫は言葉を途切れさせた。暫《しば》しの沈黙が座に訪れる。

「治療しましょう。富樫さん」

　徳永の静かな、しかし力の籠もった声が室内に響いた。視線を向けた瞬の目に映ったのは、富樫を真っ直ぐに見つめる徳永の真摯な顔で、富樫本人ではないというのに、瞬の胸には熱いものが込み上げてきてしまっていた。

「そうだな。怖がってても仕方ないしな。それに美貴子にも迷惑がかかることになる。それは避けたいからな」

　富樫が笑って頷《うなず》く。今度は空元気ではないようだと瞬は安堵《あんど》すると同時に、美貴子という美女への好奇心がむくむくと湧き上がってくるのを抑えねばならなくなった。とても聞ける雰囲気ではないと察していたからである。

　そんな瞬の気持ちを汲《く》んでくれたわけではなかろうが、話題は富樫の妻、美貴子へと移っていった。

「しかし美貴子がお前を頼るとは、想定外だった。まあ、狙いはよかったってことなんだろうが。俺に意見できるのなんて、お前くらいだろうからな」

「正直、俺も驚きました。一昨年の正月に年始の挨拶《あいさつ》に行ったときのことが印象に残っていたからと言われて、なるほどと思ったんですが」

「正月……ああ、禁煙すると言ったのに、陰で吸ってるのはいかがなものかと、お前が俺に注意したんだったな。約束したのなら破るべきではないと正論を言われてぐうの音《ね》も出なかった」

「奥さんが心配しているのがわかりましたからね」

　徳永の言葉に富樫が「そうだな」と頷く。

「結婚して今年で五年か。バツイチ同士ということもあって式も挙げてやれなかった。怪《け》我《が》で警察辞めた、稼《かせ》ぎの悪い警備員の俺には本当に過ぎた嫁だと思うよ」

「お似合いの夫婦だと思いますよ。卑下《ひげ》するなんて富樫さんらしくない」

「はは。確かに、これじゃ『そんなことありません』と言ってもらうのを待ってるようなもんだからな」

　富樫が上げた明るい笑い声を聞き、気持ちを立て直せたのだろうと瞬は密かに安堵していた。

自分が口を出すようなことではないので言葉は勿論、顔にも出さないようにと心がけていたのだが、富樫にはすっかりお見通しだったらしい。

「麻生君にも申し訳なかった。すっかりしらけてしまったな」

「そ、そんなことないです！　全然！」

気を遣われたことに恐縮するあまり、瞬の声のトーンは高いものになってしまった。いけない、怒られると先回りして謝罪する。

「すみません、大声を出して」

「新人はそのくらい元気なほうがいい。徳永だって新人の頃は相当血気盛んだったぞ」

「えっ。徳永さんが？」

クールという表現がこれ以上なく似合う徳永の新人時代。先程『新人らしからぬ』という話を聞いたばかりだが、血気盛んな面もあったのか。

是非《ぜひ》話を聞きたい、と瞬は思わず身を乗り出したのだが、徳永に軽く頭を叩かれ、

「いた」

と悲鳴を上げた。

「俺の話など聞かなくていい」

「それじゃ、徳永が活躍した話にするか。ああ、それとも所轄《しょかつ》の女子にモテまくった話が

いいか？」

「どっちも聞きたいです！」

願望のままを口にした瞬の頭に、また徳永の手が伸びる。

「いた」

「富樫さん、なら俺も話しますよ。富樫さんの武勇伝。部下を庇《かば》って署長相手に啖呵《たんか》を切った結果どうなったか。あれこそ伝説じゃないですか」

「よせやい。そんな昔の話」

「お互い様でしょう」

いつの間にか瞬を蚊帳の外に置き、二人で丁々発止《ちょうちょうはっし》の言い合いをはじめた富樫と徳永の姿を、瞬は微笑ましく、そして羨望《せんぼう》を感じながら聞いていた。

互いに信頼し合い、気持ちが通じ合っているのがわかる。理想的な上司部下の関係だったに違いない。だから未だに付き合いが続いているのだろうし、富樫の妻も夫の身を案じての相談相手に徳永を選んだのだろう。

富樫は徳永の最初の上司だという。自分にとっての徳永である。自分も十数年後には、徳永とこういう関係になれているといい。心からそう願っていた瞬に富樫がまたも気を遣い話しかけてくる。

「麻生君は今年二年目と言ってたな。その若さで本庁勤務とは凄《すご》いじゃないか」

「いえ、それには……」

理由があって、と説明をしかけた瞬の言葉に被《かぶ》せ、徳永が声を発する。

「見所があると思われたんでしょう。実際、頑張ってますよ」

「徳永のお墨付《すみつ》きか。そりゃ頼もしい」

「大事に育てたいと思ってます」

徳永が話題を打ち切ろうとしているのを瞬は察した。どれほど信頼できる上司であったとしても、瞬の記憶力のことや、『特殊能力係』については、話すつもりはないということなのだろう。

確かに『特能』の存在は世間的に公表されていない。富樫は今、警察官ではないので、明かすわけにはいかないのだろうが、他言無用にしてほしいと言えばおそらく、徳永の信頼を裏切るようなことは絶対にしないに違いない。

それでも明かさないでいるのは徳永らしいといえばらしいが、と溜め息を漏らしそうになっていた瞬は、一方自分はどうだと反省もしていた。

家族には勿論話していない。が、同居している佐生には配属されたその日のうちに話してしまっていた。

佐生にも話すべきではなかった。今更ではあるが、と後悔《こうかい》し、改めて口止めをしておこうと心に決める。

「そりゃいい。徳永の下で学べることは多いだろう。麻生君、頑張れよ」

「はい。ありがとうございます」

富樫があまり突っ込むことなく、そう言って話を終わらせたのは多分、徳永の意図に気づいたからではないかと思う。それをおくびにも出さない彼の態度に感じ入っていた瞬だったが、

「そうだ、これは聞いておかねばならないな」

と悪戯《いたずら》っぽく笑って問い掛けてきた内容には、またも戸惑いの声を上げてしまったのだった。

「徳永はまだ結婚しそうにないか」

「け、結婚ですか?」

話題が唐突《とうとつ》に変わった。しかも結婚とは。驚いたこともあって声が裏返ってしまったのが富樫の笑いを誘ったらしい。

「なんだ、その感じじゃ、気配なしってことか?」

笑いながら視線を徳永へと向けた富樫に対し、徳永は肩を竦《すく》めてみせた。

「まったくありません」

「仕事が忙しいからっていうんだろう。まあ、人それぞれだが、結婚もいいもんだぞ」

富樫の言葉を聞く瞬の脳裏《のうり》に、『美貴子』と呼ばれていた彼の妻の姿が蘇《よみがえ》った。彼女との結婚生活が幸せであるからこその言葉だとわかるだけに、説得力があるなと思わず頷いてしまっていた瞬に気づき、富樫が笑いかけてくる。

「麻生君も同意見ってことは、もしや結婚してるのか？」

「し、してません。恋人もいません」

「そこまで聞いてないぞ」

慌てて答えた瞬の前で、富樫が噴き出す。

「徳永、麻生君は随分《ずいぶん》と素直だなあ。お前とは真逆じゃないか」

「真逆ってなんですか」

徳永が珍しく憤慨《ふんがい》した顔になっている。新鮮だなと瞬がつい注目してしまう中、徳永と富樫のやり取りは続いていった。

「プライベートには立ち入ってほしくないと宣言していただろうが。お前の教育係だった森田《もりた》は随分落ち込んでたんだぞ、あのとき」

「また古い話を……あれは森田先輩が悪乗りしてきたからですよ。付き合った女性の数だの、童貞喪失はいつだのと面白がって聞こうとして」

「お前こそよく覚えてるじゃないか。しかし今だったらパワハラやセクハラで訴えられそうな内容だな」

「本当に。しかし悪いことばかりではありませんでしたが」

「そうだよな。皆、気心が知れてたしな」

二人の会話が思い出話に変わっていく。それもまた微笑《ほほえ》ましい。気づかぬうちに瞬の頬《ほお》には笑みが浮かんでいた。

「徳永に身を固めるつもりがないのはわかったよ。まあお前なら引く手あまただろうしな。縁談を持ってこられたりもしてるんだろう?」

「まあボチボチですね」

「えっ」

『ボチボチ』ということは『ある』という意味だ。未だ徳永に縁談が持ち込まれていたとは、と瞬の口から声が漏《も》れる。

「会うところまで発展したことはないから。それより富樫さんにお聞きしたいですね。結婚がどう、いいものなのかということを」

徳永はうざそうな顔で瞬の驚きを退けると、意趣返《いしゅがえ》しということか、逆に富樫に質問を始めた。

「そうだな。それを聞けばお前も麻生君もその気になるかもしれないしな」

話す気満々らしく、富樫がにこにこ笑いながら喋《しゃべ》り出す。

「生活面が恵まれるというのも勿論《もちろん》ある。家に帰れば飯ができてるとか、風呂が沸いてるとかな。でもそんなのは付加価値にすぎないんだよ。なんていうかな、美貴子と出会って、縁あって結婚し、家族になったわけだが、自分が護《まも》るべき家族、帰るべき家庭があるとないとでは、人生観がまったくかわってくるんだよ」

「そういうものですかね」

徳永が首を傾《かし》げる。

「自分の親とかきょうだいとかでは代用できないってことですよね」

「ああ。勿論、親やきょうだいも大切な家族だ。でも妻はまた別なんだよな。もともと血の繋《つな》がりのない相手だからかな。気持ちの繋がりしかない相手だからこそ、逆に深いというか……」

気持ちの繋がり。それはまさに、と頭に浮かんだ言葉を瞬はそのまま口にしていた。

「『愛』ですかね」

「改めて言われるとこっぱずかしいな」

途端に富樫が照れた顔になり、頭を掻《か》く。

「富樫さん、真っ赤ですよ」

徳永が揶揄《やゆ》すると富樫は、

「紹興酒《しょうこうしゅ》のせいだよ。おい徳永、俺を揶揄《からか》うなんてお前も随分偉くなったものだよなあ」

とドスのきいた声で言い返しはしたが、真っ赤な顔には嬉しげな笑みが浮かんでいた。

「ともかく、結婚はいいもんだってことだよ。徳永も麻生君も、まあ、忙しいんだろうが、機会があったら逃さずいっとけ。後悔しないようにな」

明るい声でそう言い、高らかに笑う。こうしてもと部下やその部下である自分にまで、結婚のよさを大いに語っている様子から瞬は、富樫にとっての結婚がどれほど素晴らしいものであったかを察することができた。

和服の似合いそうな美女だった。しかも富樫の身を案じ、信頼できるもと部下に相談をもちかけるところから、夫への愛をこれでもかというほど感じる。

相思相愛《そうしそうあい》。愛し愛される理想的な夫婦ということか。羨《うらや》ましすぎる、と瞬は思わず感嘆《かんたん》の息を吐いてしまっていた。

その後も楽しく飲んだのだが、あまり遅くなると美貴子が心配するのではという配慮《はいりょ》を徳永が見せ、十時過ぎにはお開きとなった。

電車で帰るという富樫を徳永が強引にタクシーに乗せ、自分も共に乗り込んでいく。

「また明日」

「はい。お疲れ様でした」

挨拶《あいさつ》を交わす徳永の奥に座っていた富樫が瞬に声をかけてくる。

「麻生君、徳永のこと、頼んだな」

「はい！　あ、いや、その、世話になっているのはどう考えても自分のほうで……っ」

任せてくださいとはとても畏《おそ》れ多くて言えない、と、あわあわしてしまっていた瞬を見て、徳永は呆《あき》れ、富樫は明るく笑い飛ばす。

「またな、麻生君」

「はい！　また！」

富樫と徳永、二人が乗るタクシーを見送ったあと瞬は、温かな気持ちを胸に一人帰路についた。

「どうした？　なんかにやついてない？」

帰宅すると叔母《おば》宅から戻ってダイニングのテーブルで仕事をしていた佐生がさっそく気づき、問い掛けてきた。

「いやあ、それがさ」

いつものように佐生に対し、今日の出来事を話そうとした瞬だったが、ここではっと我に返った。

徳永は富樫に、仕事のことを何も語っていなかった。もと上司であり信頼関係は当然ながら自分との間以上に築けているに違いない。

自分も佐生に対し、そうした態度を取るべきではないのか。そう思ったがゆえに口ごもった瞬を見て、佐生が不思議そうに問い掛けてくる。

「どうした？　酔ってるのか？」

「いや、実はさ……」

説明もなく、態度を改めるというのは佐生に悪い、と、瞬は、徳永と富樫との関係性から、それでも徳永が富樫に対し、自身の仕事について何も明かさなかったことを順序立てて説明したあと、

「なので俺も、徳永さんを見習おうかと思ったんだよ」

と佐生に己の考えを告げたのだった。

「え、今更？」

対する佐生の反応は、『苦笑』だった。

「え？」

「いや、勿論、口止めされてるから喋りはしないけどさ。部外者に明かしていい内容じゃないよなとは思ってたんだよな、俺も。まあこっちから聞いてるんだけどさ」

「……そうか……うん、そうだよな」

深く考えていたわけではないのだが、佐生はごねるのかと思っていただけに、納得されたことにまず戸惑い、続いて何も考えていなかった自分を猛省する。

佐生は親友であるし、今、同居もしている。家族のような感覚で接していたからこそ、彼にはなんでも喋っていた。

もし、両親と同居していたら、両親にも話してしまっていたかもしれない。今は物理的な距離がある上、気遣いからか向こうが仕事についてあれこれ聞いてこないがゆえに、明かしていなかっただけで——と、考えるうちに瞬は、自分がいかに緊張感に欠けていたかを否応《いやおう》なく自覚させられていった。

「……俺って本当に……何も考えてなかったんだなあ」

「落ち込むなって。今後はもう話さないってことならそれはそれでいいよ。俺も確かに警察関係者じゃないし、絶対他人に喋ったりはしないけど、お前が抵抗あるっていうなら、こっちからはもう聞かないようにするからさ」

「……ごめん。ありがとう」

礼を言いながら瞬は、果たしてこれでいいのだろうかと考えないではいられなかった。

佐生に話すことで考えをまとめていたところもあった。無理矢理聞き出されたという感覚はない。

いわば利用させてもらっていたのは自分だった。佐生には申し訳なさしかない。深く頭を下げた瞬の後頭部に佐生の手が伸びてくる。

「だから、謝るようなことはないいんだってば。それよりもし問題なければ、富樫さんのこと、教えてよ。奥さんが超美人で、結婚が素晴らしいって言ってるんだよね。それだけ幸せな結婚をしてるってことだよな。奥さんとはどこで出会ったって？　見合い？　恋愛？　出会い系？」

「えーっと、紹介って言ってたな。刑事だった頃に結婚生活が破綻《はたん》して、自分には結婚はもう無理だと思ってたんだけど、負傷して警察を辞めて、警備会社に勤め始めた頃、その会社の上司が紹介してくれたって。互いにバツイチで、初めて会ったときから意気投合《いきとうごう》したとかなんとか……」

「紹介か。うーん、俺も叔母さんに頼もうかな。きっかけは紹介でも今はラブラブってことだもんな。出会いのきっかけがないなら作ってもらって、そこから恋を始めればいいんだし」

うきうきした口調で告げる佐生は、すっかりその気になっているように見えた。

「出会いのタイミングっていうのもあるんだろうなあ。で？　意気投合したときの会話の内容は？　どこがお互い、決め手になったとか、聞いたか？　一体何を決め手にすればいいんだろうな？」

「そこまでは聞いてないかな……」

「駄目じゃん、聞かなきゃ」

「そりゃそうなんだけど……」

深掘りするより前に、滔々《とうとう》と語ってくれたため、問いを挟むような余裕はまるでなかった。幸せな結婚をしたんだなとわかっただけで満足してしまったのだが、それでは不足だったということかと、戸惑う瞬を前にし、佐生がやれやれ、というように溜め息をつく。

「瞬は羨ましくならなかったわけ？　幸せな結婚、したくないとでも？」

「いやそれはしたいけど、今じゃなくてもいいかなと……」

「ならいつだよ。今を邪険にしちゃだめだって。出会いのきっかけなんて、一生のうちに何回もあるもんじゃないんだからさあ」

「佐生、彼女じゃないんだぞ。結婚だぞ？　軽い気持ちでできることじゃないし、何よりまだ学生じゃないか」

「……ま、そうか。あまりに羨ましすぎて取り乱してしまった。そうだよな。結婚はさすがに早いわ。よかった。勢いで叔母さんに頼んだりしたら、速攻、見合いになるところだった」

危ない危ない、と心底安堵《あんど》した様子で胸を撫《な》で下ろしている佐生を前にし、瞬は思わず噴き出した。

「なんだよ」

笑われたことが面白くなかったのか、佐生が口を尖らせ睨《にら》んでくる。

「いや……なんか現状維持でいいような気になってきた」

「現状維持？」

意味がわからないというように首を傾げる佐生に瞬は、

「なんでもないよ」

と返しはしたものの、敢《あ》えて彼に対し仕事のことで壁を作る必要はないのかもしれないという考えに傾きつつあったのだった。

4

翌朝、いつものように出勤した瞬は、いつもと同じ様子で迎えてくれた徳永に対し、深く頭を下げた。

「昨日はありがとうございました。とても有意義な時間でした」

「有意義かどうかはともかく、付き合わせて悪かったな」

徳永に詫《わ》びられ、瞬は慌てて首を横に振った。

「いえ、本当に有意義でした。徳永さんの新人時代の話を聞けたこともですし、結婚の素晴らしさについても知ることができましたし」

「正直、あれには驚いた。いつの間に結婚至上主義になったんだか。帰りのタクシーでも結婚しろしろとそれは熱く訴えかけられた」

「それだけ幸せな結婚をされているってことなんでしょうね。羨ましいです」

昨夜の佐生とのやり取りでも、結局最後は富樫が羨ましすぎるという結論に達していただけに、似たような相槌《あいづち》を打っていた瞬を見やり、徳永が少し意地悪そうな笑みを浮かべ問い掛けてくる。

「麻生の結婚願望に火をつけてしまったというわけか」

「いや、俺というより佐生ので……あ」

咄嗟《とっさ》に返してしまってから瞬は、自分が相変わらず何から何まで佐生に話しているとわからしめる発言だったと気づいて口ごもってしまった。

「どうした？」

徳永が訝《いぶか》しそうに問い掛けてくる。

「あ、いえ、その……今まで佐生に、なんでもかんでも話してしまっていたなと昨日反省して……」

「今更か？」

徳永が珍しく、戸惑った顔になっている。

「えっと……昨夜、徳永さんが『特能』のことを富樫さんに言わなかったのを見て、俺は佐生になんでもかんでも喋《しゃべ》りすぎかなと反省したんです」

「本当に今更だな」

徳永が苦笑したあと、瞬が思いもかけなかったことを口にする。

「言わなかったのは富樫さんが望んでないからだ」

「そうなんですか？」

意外だった、と目を見開いた瞬に、徳永が頷《うなず》いてみせる。

「ああ。自分はもう警察官ではないから、内部のことは一切知らせてくれるなと。ケジメはしっかりつけたいからと言われたことがあるんだ。おかげで愚痴《ぐち》も零《こぼ》せない」

苦笑する徳永を前に瞬は、そういうことだったのかと納得すると同時に、徳永にも愚痴を零したいことがあるのかと、そちらのほうにも驚いていた。

「あの……愚痴ってもしかして……」

できの悪い部下――すなわち自分のことだろうか、とおずおずと問い掛ける。

「冗談だ」

それがわかったのか、徳永は尚も苦笑しそう言うと、

「あと三十分で出るぞ」

と気持ちを仕事モードに切り換えるような言葉を告げ、瞬に気合いを入れてくれたのだった。

その日の見当たり捜査の場所は、東京駅となった。午前中は駅構内の、瞬は東海道新幹線の改札近辺を受け持ち、徳永は東北新幹線のほうを担当する。

金曜日ということもあり、新幹線を利用する人、利用してきた人で駅構内はごった返していた。

出張に行くサラリーマン、旅行に行くらしい老夫婦。学生たちの集団は修学旅行だろうか。修学旅行生の中にはさすがに指名手配犯はいないだろう。いや、偽学生というパターンはあるか。

ともあれ、一人残さず顔を識別するまでだと集中力を高めていた瞬だが、不意に背後から肩を叩かれ、はっとして振り返った。

「すみません、ちょっと聞きたいんだけど、仙台《せんだい》に行くにはこっちの改札でいいのかね？」

「……っ」

問い掛けてきたのは背の低い痩《や》せた老人だった。よれたシャツにループタイをしている。男の顔を見た瞬間、瞬が思わず息を呑《の》んだのは、その老人が間違いなく指名手配犯のファイル内にいた人物だったからだ。

なぜ自分に声をかけてきたのか。刑事とわかってのことか、それとも単なる偶然か。動《どう》揺《よう》しながらも瞬はこの機会を逃すまいと、顔が引き攣《つ》りそうになるのを堪《こら》え、なんとか答えを返した。

「ここは東海道新幹線の改札です。東北新幹線は向こうですよ」

「そうかい、ありがとね」

老人はそのまま立ち去ろうとしている。

「あ、あの、案内しますよ」

無言であとをつけることも考えたが、見失う危険がないとはいえず、そう声をかけてみる。

「そうかい。ありがたいね」

老人は瞬の申し出を明るく笑って受け入れた。

「東京駅も随分《ずいぶん》かわっちまったから。故郷《くに》に戻るのにどの列車に乗りゃあいいのかと、迷っちまってねえ」

「ご出身が仙台なんですね」

相槌を打ちながら手配書のファイルの内容を思い出す。確か本籍は宮城県だった。やはり十年前に殺人犯として指名手配された柿谷四郎《かきたにしろう》に違いない。

しかしこんなことがあるものなのかと、瞬は柿谷と並んで歩きながら、密かに首を傾《かし》げていた。偶然にしてもほどがある。何せ柿谷は十年もの間、身を隠していたのである。向こうから声を掛けてきただけでなく、故郷の話までするなど、何か狙いがあるとしか思えない。

　まさか自分が警察官であると見抜いての行動だろうか。ちらと見やった柿谷は、人のよさそうな老人にしか見えない。と、瞬は彼がシャツのボタンを掛け違えていることに気づいた。一つずつずれているが、指摘してあげたほうがいいだろうかと思っていると、柿谷が視線に気づいたようで、自身の身体《からだ》を見下ろした。

「ああ、このループタイですか？　これは娘がくれたんですよ。いや、息子だったかな。親思いのいい子でねえ」

「……そうなんですか……？」

　娘と息子を間違えるだろうか。適当なことを言っているだけか。次第に声が高くなってくるのも気になる、と瞬はますます首を傾げてしまいながらも、一応、ボタンについては教えておこうと口を開いた。

「おじいさん、ボタン、ずれてますよ」

「え？　ボタン？　ボタンって？」

　柿谷が瞬に問い掛けてくる。

「あの、ですからシャツのボタンが……」

「ボタン……ボタンってなんだっけな」

説明しようとしたが、柿谷はぶつぶつと一人で呟《つぶや》き出し、瞬の話を聞いていないようである。何がなんだかわからないものの、この隙《すき》にと瞬はスマートフォンをポケットから取り出し、徳永にかけ始めた。

『どうした』

「すみません、これから合流したいんですが。その……」

うまく説明できない上に、柿谷が不意に瞬を見たかと思うと、

「あ、電話ですね。どこにかけてるんです？」

と問い掛けてきたものだから、切らざるを得なくなってしまった。

「ではのちほど」

即刻切り上げ、視線を柿谷へと戻す。

「すみませんでした。新幹線、こっちですので」

逃走されるのではないかと瞬は案じていたが、電話を切ったあとに話しかけても、柿谷は逃げる素振りを見せなかった。

「電話……それ、スマホっていうんでしたっけ。私も欲しいんですけどね。どこで買えますかね」

「携帯電話からの乗り換えですか？」

やはり何か違和感がある。ボタンも掛け違えたままだ。敢えてなのか、それとも他に理由があるのか。疑問を抱きながらも問い掛けた瞬に、

「乗り換え？　電車ですか？」

と柿谷が問い返してくる。

「いや、その……」

携帯電話からスマートフォンに換えるということかと聞いたつもりだったのだが、と説明をしようとしたとき、瞬の前に徳永が現れた。

「あ」

どうやら徳永は瞬を捜してくれていたらしい。呼びかけようとした瞬を徳永が見返し、訝《いぶか》しげに声をかけてくる。

「……こちらは？」

目で柿谷を示しつつ、短く問う。

「おや、お知り合いですか。いやね、この親切なお兄さんが、東北新幹線のところまで私を連れていってくれると言うんですよ」

にこにこ笑いながら柿谷が徳永に説明する。

「………」

徳永も当然、指名手配犯の柿谷であると認識したらしく、戸惑った顔となったが、すぐ、頬《ほお》に笑みを浮かべ柿谷に話しかけた。

「わかりました。切符を買う必要がありますね。売り場にご案内しましょう」

「そりゃありがたい。どこで切符は買えますか？」

「こちらです」

柿谷は徳永の言葉に嬉しそうに頷いている。瞬の抱く違和感はますます膨らんでいったが、ここは徳永に任せることにし、二人が並んで歩くあとに続いた。

「お名前、お聞かせいただけますか？」

「私ですか？　ええと、なんだっけな。ちょっと待ってくださいよ。今、ポケットからパスを出しますんで」

言いながらごそごそと柿谷がポケットを探る。

「ああ、これだこれだ。山田一郎《やまだいちろう》です」

取り出したのはどうやら、バスのフリーパスのようだった。七十歳以上の老人に配布されるものだが、名前が違う。

他人のものを盗んだのか。一気に瞬の緊張が高まる。

「山田さんですね。そうだ、私が切符を買ってきましょう。あなたは彼と一緒にここで休んでくれていていいですよ」

「いやあ、そりゃ申し訳ない。ああ、お金を」

「あとで大丈夫です」

柿谷は本気で恐縮しているように見えた。徳永は瞬に日配せすると、東北新幹線の改札近くで瞬と柿谷を待たせ、切符売り場のほうに向かっていった。

「親切にしてもらっちゃったなあ。申し訳ない」

「いえ、行き先、仙台でしたよね。故郷に戻られるんですか？」

おそらく徳永は捜査一課に連絡しに行ったと思われる。その間、繋《つな》いでおけという指示だったのだろうと瞬はさきほどの目配せをそう解釈し、怪しまれないようにと柿谷と会話を続けていった。

「そうなんです。おふくろがね、久々に顔を見せろって煩《うるさ》くてねえ。まあ、親孝行だと思って帰ることにしたんですよ。本当なら仕事が忙しくて、帰ってる場合じゃないんですけどねえ」

すらすらと喋《しゃべ》っているが、柿谷の母親は存命していただろうか。何より仕事とは？

「お仕事は何をされてるんですか」

嘘をつかれることを予測しつつ、問い掛けてみる。

「左官屋《さかんや》ですよ。今、建設ラッシュでね。休む暇なしです」

「そうなんですね……」

指名手配される前、柿谷の職業は左官屋ではなかった。まったくの嘘なのか。それとも、と考えていた瞬に対する柿谷の話は続く。

「十八のときに独立してね、いやあ、時代もよかったんだよ。仕事も途切れなくてね。仕事が楽しかったもんだから、ずっと国元《くにもと》に帰ってなかった。おふくろにも寂しい思いをさせてしまったと、悔《く》やんでねえ……」

グスッと鼻を啜《すす》る柿谷の目には涙が光っている。先程から彼は演技をしているのか。それとも本心からの言葉なのか。最早《もはや》瞬には判断がつかなくなっていた。

戸惑いながらも柿谷を宥《なだ》めていると、徳永が小池を伴《ともな》い近づいてきた。小池は泣いている柿谷を見てぎょっとした顔になったものの、徳永から何かを聞いていたのか、落ち着いた口調で声をかける。

「すみません、ちょっとお話を伺《うかが》いたいのですが、ご同行いただけますか？」

「私ですか？　なんでしょう？」

柿谷は戸惑った顔になりはしたが、拒絶はせず、小池に伴われ歩き出した。

「どうもご親切にありがとうございました」

振り返り、瞬と徳永に深々と頭を下げる。瞬も頭を下げ返したが、頭の中はクエスチョンマークでいっぱいになっていた。

「徳永さん」

「移動しがてら休憩《きゅうけい》にしよう」

徳永はそう言うと、瞬の前に立って歩き始めた。瞬もあとに続く。徳永が瞬を連れていったのは地下街にあるカフェだった。

「……わけがわかりません」

周囲に人気《ひとけ》がなかったこともあり、瞬は声を潜め、徳永の考えを聞こうとした。

「俺も半信半疑ではあるんだが、おそらく彼は認知症ではないかと思う」

「認知症……あ……」

そうか、と瞬は納得し、声を漏《も》らした。

「勿論《もちろん》、演技という可能性はある。どういう状況で一緒になったんだ？」

徳永に問われ、瞬は、柿谷のほうから声をかけてきた経緯を説明した。

「向こうから接触してきたんだな？　きっかけは？」

「特にありませんでした。背後からだったので、声をかけられるまで存在に気づいていませんでした」

「となると偶然なんだろうが……」

すっきりはしない、と首を横に振る徳永は、納得しているようには見えなかった。

「もし、偶然じゃないとしたら、どんな可能性がありますかね？」

刑事と見抜かれているとは感じなかった。しかしもし刑事とわかって声をかけてきたとしたら、と問い掛けた直後、瞬は答えを思いついた。

「認知症が演技ということですか？」

「ああ。しかし可能性としては低いと思うがな」

首を傾《かし》げつつ徳永が答える。

「二人殺しているんでしたよね。同居していた女性と彼女の弟と」

別れ話がもつれての犯行だった。身の危険を感じていた女性は弟と共に柿谷と対峙《たいじ》したのだったが、激高した柿谷に二人して殺害された。

それから十年もの間、どこに身を隠していたのか。柿谷には別居中の妻がいたが、事件の一年後に亡くなっている。子供はいたのだったか。ああ、そうだ、と瞬は柿谷が言っていたことを思い出し、徳永に問うてみたのだった。

「柿谷の母親はまだ生きていますか？」

「母親？　いや、身内は誰もいなかったと記憶している」

徳永は答えたあと、

「母親に会いに行くと言っていたのか？」

と逆に聞いてきた。

「はい。自分は左官職についていて、仕事が忙しくて全然故郷に帰れていなかったと。それで久々に帰郷するのだと言ってました」

「左官職？　初耳だな」

徳永がまた首を傾げる。

「十年前、柿谷はアパート経営をしていたはずだ。過去の話なのか、それともまったくの作り話なのか」

「作り話のようには思えませんでした」

「本人がそう信じているのかもな」

ともあれ、と徳永が話を切り上げる。

「本物の認知症なのか、それとも演技をしてるのかは、取り調べの結果わかるだろう。結果を聞くことにしよう」

「はい」

頷《うなず》いた瞬だったが、もしもあれが演技だとしたらアカデミー賞ものだと感心せずにはいられなかった。

午後は浅草《あさくさ》で張り込んだが、成果がないまま午後六時を迎え、警視庁に戻った。

「お疲れ様です」

執務室では小池が待ち受けていて、早速二人に柿谷についての情報を与えてくれた。

「柿谷ですが、認知症であることは間違いないようです。自分が誰であるかもわかっていませんね、あれは」

「演技という可能性は？」

「医師はまずないだろうと言っています。脳の状態を見てもあきらかに認知症と診断できるとのことです」

「……。そうか」

徳永は何かを言いかけたが、結局は頷いただけだった。

「あの……」

自分の名前すら忘れている。ということは。徳永の表情から瞬は、もしやと嫌な予感を抱きつつ、小池に問いを発した。

「自分が誰かもわかっていないということは、自分が人を殺したことも覚えていないということですか？」

「ああ、そうなんだ。まるで覚えていない」

「本当にとぼけているわけではないんですよね？」

どうしても確認を取らずにはいられなくて、瞬はそう問いかけてしまった。

「そこはこれから詳しく検査をすることになるが、本当に忘れているようだったぞ」

「そんな……」

彼が殺人を犯したことは事実であるのに、それを完全に忘れている。忘れたとしても罪が消えるわけではないと思うのだが、と瞬は思わず徳永を見やってしまった。徳永もまた瞬をちらと見たあと、視線を小池へと向けた。

「本人には伝えたのか？　自分が殺人犯であることを」

「はい」

「反応は？」

「ぽかんとしてました。時々話が通じなくなるんですよね。唐突《とうとつ》にループタイのことを言い出したり」

「娘に貰ったと言ってました。そのあと息子だったかなと……」

「娘も息子もいないはずだ。今、住んでいる場所もわからないと言ってたよ。この十年、どこに潜伏していたんだかな」

「それもわからなくなってるんですか」

瞬の脳裏《のうり》に、にこにこと笑いながらループタイを示していた柿谷の姿が蘇《よみがえ》る。ボタンを掛け違っていることを指摘しても理解されなかった。携帯電話からスマートフォンに乗り換えたいのかという質問もわかっていないようだった。

最早責任能力を問える状態ではないということか。自然と溜め息を漏らしてしまっていた瞬は、小池が、

「それじゃ、また何か動きがあったらすぐお知らせしますので」

と立ち上がったことで、はっと我に返った。

「ああ、ありがとう。よろしく頼む」

「にしても、初めてですよ。こんなことは。まだとぼけられているほうがマシというかなんというか……」

ぶつくさ言いながら小池が部屋を出ていく。それを見送っていた瞬の耳に、徳永の抑えた溜め息の音が響いてきた。

「いや。認知症患者が身近にいたことがなくてな。自分のことを『忘れる』というのがわかっているつもりで、わかっていなかったと、今更実感していたんだ」

「……………」

そう告げる徳永の表情が強張《こわば》っている。彼が今、何を考えているか、瞬はわかるような気がするだけに、相槌《あいづち》に迷い口を閉ざした。

「帰るか」

徳永には瞬の気持ちなどお見通しらしく、微笑《ほほえ》み頷くと彼もまた席を立った。

「それじゃ、お先に」

「お疲れ様です」

飲みに誘いたいとは思ったのだが、自分には徳永を慰められる気がしなかったため、結局は見送ってしまった。

徳永が出ていったドアを見つめる瞬の口から堪《こら》えきれない溜め息が漏れる。

彼はおそらくアルツハイマー型認知症の疑いがあるという富樫のことを、柿谷に重ねていたのではないかと思われる。

自身がそうであるかを確かめる勇気を持ち得なかった富樫に対し、徳永は一日も早い検査と治療を勧めていた。

もしアルツハイマー型認知症であったとしたら、早く治療を始めれば進行を遅らせる治療に入れるのだからと説得していたが、『忘れる』ということへの恐怖を自分が共有できていなかったと、それを実感した上で反省しているのだろう。

自分もまったくわかっていなかった。しかし検査と治療を勧めたことはどう考えても正しい。放置していたら症状が進んでしまうのだから、早いアクションは何がなんでも必要なのだ。

それでも徳永は、もっと富樫の気持ちに寄り添うべきだったと反省している。そんな徳永を慰めたいとは思うのだが、何も言葉が浮かばない。自分もまた同じことをしたと思う。そう言ったところで徳永の気持ちが軽くなるとは思えなかった。

やりきれない思いを抱えたまま帰路についた徳永を思うと瞬の胸は痛んだ。富樫がアルツハイマーではないという診断が下るといい。可能性としては低いであろうとわかってはいるが、それでも瞬は富樫のために、そして徳永のためにそんな淡い期待を抱かずにはいられなかった。

5

数日後、業務のあと瞬は徳永に飲みに誘われ、いつもの『三幸園』の三階の座敷で、富樫に若年性アルツハイマー型認知症の診断が下ったことを伝えられた。

「昨夜、富樫さんから電話があった。お前も気にしていると思ってな」

徳永の表情は読めなかった。が、口調は淡々としていた。瞬は、

「教えてくれてありがとうございます」

と礼を言ったあと、富樫の様子を問うた。

「落ち込んでいないとは言わないが、さばさばしていたよ。医師から今後の治療について説明を受けたことで、逆に安心できたのかもしれない。まあ俺に気を遣って虚勢を張っていたのかもしれないが」

肩を竦《すく》めてみせた徳永に瞬は、どう言葉をかけていいか迷ったために、口ごもってしまった。

それがわかったのだろう、徳永は敢えて話を変えてくれた。

「そういや小池に、俺と『和風の美女』との関係を聞いたそうだな。富樫美貴子さんのことだろう？　なぜ直接俺に聞かなかったんだ？」

「えっ！　あ、いや、その、別に陰で探ろうとしたわけじゃないんです。小池さんがちょうどいいところに来たので聞いてみたというかその……」

「別に怒っているわけじゃない」

あまりに慌ててみせたからか、徳永がフォローを入れてくる。

「普段からコミュニケーションは円滑にとれていると思っていたので、意外だっただけだ」

「す、すみません。深い意味はないんです。ただ、その、どういう関係なのかが気になっただけで……単なる興味というか、その……」

実際のところは、徳永に彼女を紹介されなかったのを気にしたというだけなのだが、さすがに本人にはそのままそれを伝えるわけにはいかない。それゆえ婉曲《えんきょく》な表現を心がけた結果、単なる興味本位と言ってるようになってしまったと再度詫《わ》びることにした。

「すみません、ミーハーですよね」

「いや、別に。逆に『興味』以外の理由があったら対応を考えねばと思っていた」

「え？」

どういう意味だろうと目を見開いた瞬の前で、徳永が珍しくバツの悪そうな顔になる。

「冗談だ。聞き返されるとそれこそ対応に困る」

「あ、すみません……」

『興味』でいいのだと、冗談で流してくれようとしたのを問い質《ただ》すなど、不興の極《きわ》み、と瞬は気づき、気の利《き》かない己を恥じた。

「謝られても困るんだがな」

徳永が苦笑したところで、どうやらスマートフォンに着信があったらしく、ポケットから取り出した。

「噂《うわさ》をすれば彼女からだ」

画面を見て徳永が意外そうな顔になりつつ応対に出る。

「はい、徳永です……あ、はい。大丈夫です」

徳永は席を立つことなく通話を始めた。聞くのは悪いだろうかと、自分が立ち上がろうとした瞬に対し、徳永は、そのままでいいというように目配せをし、通話を続ける。

「はい。富樫さんからも連絡をもらいました……え？　そうですか。私には治療に前向きに取り組むとおっしゃってましたが……」

話しているうちに徳永の表情が曇ってくる。どうしたのだろう。瞬は悪いと思いながらもつい、彼の通話と表情に注目してしまった。

「……わかりました。私もマメに連絡を入れるようにします……はい。奥さんもどうか気を落とされないように……難しいかと思いますが」

電話の向こうの彼女の声は聞こえない。が、徳永の慰めの言葉が続く様子から、泣いているのではないかと推察できた。

「週末にでも伺《うかが》います。ご都合がよければ……はい、はい。それでは日曜日に」

来訪する約束をしたらしい徳永は、電話を切る直前まで、美貴子を気遣っていた。

「あまり思い詰めないようにしてくださいね。それではまた」

通話は結局、十分に及んだ。

「悪かったたな。思いの外《ほか》長くなった」

「いえ……奥さんはなんと……？」

聞いてもいいだろうかと案じつつ瞬が問い掛けると、徳永は躊躇《ためら》うことなく内容を教えてくれたが、彼の顔には何と説明できない複雑な表情が浮かんでいた。

「富樫さんが酷《ひど》く落ち込んでいると知らせてくれたんだ。なんと慰めていいかわからないと泣いていらした」

かぶ。

やはり泣いていたのか。美貴子の美しい瞳に涙が盛り上がる、そんな幻が瞬の脳裏《のうり》に浮
「そうでしたか……」

「富樫さんの前では泣くわけにはいかないと……不安もあるがしっかり支えていきたいと、そう言っていたよ」

「……たしかに、ご家族も不安ですよね……」

治療をすれば進行を緩《ゆる》められるとは言われているが、『治る』というわけではない。忘れていく速度が緩やかになるだけとなると、いつか自分のことも忘れてしまうのだという覚悟を決める必要が出てくるのか。

認知症ゆえ自分の名前も犯した罪も忘れてしまっているという柿谷のことを、瞬は思い出していた。

彼の中で消えたのは犯罪の記憶だけではない。自分が歩んで来た人生が消えたのだ。家族も友人も忘れてしまう人生というのはどういうものなのだろう。

本人はきっと、忘れるつらさも忘れてしまう。なので忘れる本人より、忘れられた家族や友人のほうがつらい思いをするのではないか。今更ではあるが瞬はそのことに気づき、美貴子が泣くのもわかる、と深く頷《うなず》いていた。

「……そうだな」

徳永もまた頷き返してくれたが、なんとなく彼の表情は不可解なままであるように見え、瞬は理由を問うてみた。

「何か気になることでも？」

「いや、たいしたことじゃない。富樫さんがそこまで落ち込んでいるとは思っていなかったというだけだ。やはり無理をして明るく振る舞っていたのかと……」

「そうでしたか……」

富樫の本心に気づかなかったことを悔《く》いているのか。もと部下に心配をかけまいという心遣いは、さすが徳永の上司だと、瞬は感心すると同時に、そんな気遣いをさせたくはなかったと悔やむ徳永の思いやりにもまた、感じ入ることとなった。

「さて。そろそろ行くか」

その日は早々にお開きになり、瞬も徳永も地下鉄で帰路についた。一人地下鉄に揺られながら瞬は、帰宅したらアルツハイマー型認知症について詳しく調べてみようかと考えていた。

マスコミで報道されることも多いし、映画やドラマで描かれることもよくあるので、どういった症状なのかはなんとなく知ってはいる。が、詳しいことは知らない。わかっていないがゆえに、徳永に対し、無神経なことを言ってしまうのは避けたかった。

それにしても、と瞬はまた『忘れる』ことについていつしか考え始めていた。

自分の記憶が日々失われていくとなったらどうだろう。なんとか記憶を留めたいと願うに違いない。書き留めるようにする？　それを何度も読んでまた記憶するように努力する――努力でなんとかできるものなら、皆、しているか、と瞬は己の考えを手放した。

本人も周囲も、不安になるのは当然だ。相手を大切に思えばそれだけ、不安は募《つの》るに違いない。

結婚について、熱く語っていた富樫の姿が蘇《よみがえ》る。愛、と言ったら酷く照れていたが嬉しそうだった。愛している妻のことも忘れてしまう日が来るかと思うと、切ないだろうな。

そう思う瞬の口からは、周囲の人が振り返るほどの深い溜め息が漏《も》れていた。

家ではいつものように佐生がダイニングで仕事をしていた。そうだ、医学部の彼なら学ぶのに何を読めばいいか詳しいのではと思いつき、早速瞬は彼に問うてみることにした。

「あのさ、アルツハイマー型認知症について調べたいんだけど」

「アルツハイマー？　どうしてまた」

佐生の問いに瞬は答えかけたが、なぜか佐生が、

「あ、でも」

と瞬の言葉を遮った。

「事件に関係することなら、聞かないほうがいいか？」

「事件……もまあるか。でも聞きたい内容は事件とは関係ないから大丈夫だよ」

気遣ってもらったことを申し訳ないと思いつつ瞬は、徳永の知り合いがアルツハイマー型認知症と診断されたことを簡単に伝えたあとに、病気に対する知識をちゃんと頭に入れておきたいのだと説明した。

「わかった。すぐよさげなサイトを探すよ。本を読むよりネットで見たほうが早いだろう？」

佐生はそう言うと、あっという間に三つほど、ネットの記事をピックアップし、瞬宛《あて》にメールしてくれたあと、ぽつりと言葉を漏らした。

「……アルツハイマーっていえば、前に観た映画が本当に怖くてさ」

「怖いって？　ホラー的な？」

認知症のホラーというのはどういうものなのか。想像がつかないと首を傾《かし》げた瞬の前で佐生が噴き出す。

「違うよ。ホラーのわけないだろ。身につまされて怖くなったって意味だよ」

そう言うと佐生は、未だ意味がわからずにいた瞬に説明をしてくれた。

「邦画だったんだけどさ、主人公はまだ五十代で発症するんだ。最初のうちは些細《ささい》なことでさ。人の名前が思い出せないとか、言葉が出てこないとか。そのうちに道がわからなくなったり、やらなきゃいけないことをすっかり忘れて仕事でポカをしたりする。本人はまったく気づいていなかったんだけど、毎日歯磨《はみが》き粉だったかを買ってきていると奥さんに教えられ、それでクリニックに行ってアルツハイマー型認知症だと診断される。自分も人の名前がでてこないとか、言葉が浮かばないとかあるなと、観ているうちに怖くなってくるんだよ」

「なるほど。身につまされるってそういうことか」

納得した、と頷いた瞬だが、佐生と『怖い』気持ちを共有することは未だできずにいた。

「早期発見すれば治療できるんだよな?」

「ああ。でも、一〇〇パーセント進行を止められるというわけでもないしな。映画では日常でごく当たり前にやってたことも忘れてた。電子レンジでおかずを温めるとか、そういうことも。でも一番観ていてつらかったのは、家族を忘れることだったなあ」

「それは……つらいよな」

想像しただけでも、と頷いた瞬に向かい佐生もまた頷き返す。

「観ていてしんどい映画だった。いい作品だったけど。そうだ、瞬も観てみる?」

「うん。観たい」

佐生が『いい作品』と言っていたことと、アルツハイマー型認知症に関する知識に繋《つな》がるのなら、と瞬が頷くと、佐生は、

「ちょっと待ってて」

と自室へと向かい、すぐに彼のタブレットを取ってきてくれた。

「これで一緒に観よう。俺ももう一度観たくなった」

「佐生、見放題サービスの会員になってるんだ。もしかして勉強しないで映画ばっかり観てるんじゃないだろうな」

「お前は俺の親か。叔母《おば》さんか」

うんざりした顔になった佐生に瞬は、その華子は、と問い掛けた。

「叔母さんの様子、どう?」

華子もまた、認知症となった彼女の叔母が自分を覚えていないことに落ち込んでいた。あの話を聞いたときにはまさか、徳永のもと上司が若年性の認知症を発症するなど、まったく想像していなかった。

「落ち込んではいるけど、気持ちを切り換えたみたいだよ。忘れたくて忘れるわけではないのだし、自分の胸の中にある思い出まで消えてしまうわけではないのだからと」

「それでも切ないよな」

瞬の言葉に佐生が頷く。

「でもどうしようもないもんな……」

ぼそ、と告げた佐生に瞬もまた頷き返す。と、佐生は
「それじゃ、観るか」

と敢《あ》えて明るい声を出して沈んだ空気を吹き飛ばすと、タブレットを操作し映画を再生し始めた。

映画は佐生の言うとおり『いい映画』だったが、観終わったあとの瞬の胸は、やりきれない思いでいっぱいになっていた。

「……飲もう」

二回目だという佐生もまた同じくやりきれなさに苛《さいな》まれているらしく、そう言うとキッチンへと向かい、冷蔵庫から取り出したビールを手に戻ってきた。

「ほら」

「ありがとう」

乾杯をし、ビールをほぼ一気に呷《あお》る。

「久々に観たけど、やっぱりつらいよな。誰が悪いというわけじゃない上に、どうしよう

もないところが特に」

　そう言い、ああ、と溜め息を漏らす佐生と、瞬はまるで同じ気持ちだった。

　救いがない。しかし受け入れるしかない。忘れることも、忘れられることも、自分の身に置き換えて考えるまでもなく、どれほどつらいかがわかる。

「五十代で発症するのは本当につらいだろうね。勿論《もちろん》、八十とか九十とかでもつらいだろうけど、まだまだ身体《からだ》は元気なのにという状態だと特にというか」

「そこ、俺もつらいと思った。映画でも言ってたけど、もっと若い段階で発症する人もいるんだろう？」

「うん。相当少なくはあるけど、ゼロじゃないらしい。三十歳とかで発症したら更につらいよなあ」

　想像するだけで、と佐生は溜め息を漏らしたあとにビールを呷る。

「もう一缶飲もう。瞬も飲むだろう？」

「飲む」

　想像するのすら怖い。完全に忘れてしまったら自分はつらさから脱却できるとはいえ、その経緯はさぞつらいに違いない。そして周囲がそうなったとしても、と、瞬もまた深い溜め息をついてしまう。

「あ、そうだ。コロンボにも忘れる系で切ない話、あったよな。あれ観ようか。DVDボックス、結構前に買ったんだよ」

佐生の誘いに瞬も「いいね。観よう」と頷《うなず》く。

「『忘れられたスター』。これ、好きなんだよ」

「俺は『別れのワイン』が好き。忘れる系じゃないけど。どっちにしよう。いっそ両方観ようか」

やりきれない思いを吹っ切るには酒と、他の映像と、それにお喋《しゃべ》りが瞬にも、そして佐生にも必要で、そのあと二人は遅くまでDVDを鑑賞し、缶ビールを傾け続けてしまったのだった。

翌朝、二日酔いと寝不足という酷《ひど》いコンディションで出勤した瞬は、いつもどおりの徳永の姿を見て心から反省した。

「コーヒーでも飲んでしゃきっとしろ」

「……すみません、本当に……」

徳永にも自分がしゃきっとしていない状態だと見抜かれていたことで、更に瞬が反省をしていたそのとき、部屋のドアが勢いよく開き、小池が飛び込んできた。

「と、徳永さん！　大変です！」

「どうした、小池。朝からそんなに慌てて」

徳永が驚いて問い返す。そのくらい小池は動揺《どうよう》しているように見えた。何が起こったのかとむかつく胃を服の上から押さえていた瞬は、小池の答えを聞いた瞬間、不調を忘れるほどの驚きに見舞われることとなった。

「と、富樫一路《いちろ》さん、確か徳永さんの最初の上司のかたでしたよね。その富樫さんが深夜に意識不明の重態で病院に担《かつ》ぎ込まれたんですよ！」

「なんだと!?」

徳永がそうも大きな声を出す場面に、瞬は今まで居合わせたことがなかった。

「一体何があった!?」

小池に駆け寄り、彼の両肩を摑《つか》んで揺さぶる。事故か。それとも何か事件に巻き込まれたのか。そのどちらかに違いないと瞬が思ったのは、つい数日前に元気な姿を見ていたからだった。

アルツハイマー型認知症と診断されてはいるが、体調面に不調があるようには見えなかった。意識不明の状態とは、本当に何があったのかと瞬もまた小池に注目する。

「それが……」

小池はなぜか答えるのを躊躇《ためら》っていた。なぜ、と疑問に思い、瞬は彼の心持ち青ざめた顔をまじまじと見やってしまっていた。

「何があった?」

徳永が再度、小池に問う。小池は一瞬言い淀《よど》んだが、すぐに思い切りをつけたようで口を開いた。

「自殺未遂《みすい》です」

「……っ」

その瞬間、瞬の目の前で徳永は完全に固まった。表情らしい表情を浮かべていないその顔、ぴくりとも動かない身体《からだ》。そんな徳永の姿を瞬は今まで見たことがなかっただけに、不安が募《つの》り、堪《たま》らず彼の名を呼んでしまった。

「徳永さん!」

「……っ。ああ、悪い。状況を教えてくれ」

徳永は瞬の呼びかけで我に返ったようだった。小池に問い掛けたが、その顔はどんどんと血の気を失い、紙のように白くなっていった。

「練馬《ねりま》の集合住宅で、天井から水漏《みずも》れがするという苦情が管理会社に入り、管理人立ち会いのもと、上の部屋を訪ねたところ、浴室で手首を切っていた富樫さんが発見され、すぐに病院に搬送されたとのことでした」

「奥さんは？」

小池の説明が終わらないうちに、徳永が彼に問い掛ける。瞬もそれは気になっていた。妻、美貴子は留守にしていたのだろうか。しかし小池の答えは瞬の考えてもいないものだった。

「それが奥さん、睡眠薬を飲んで熟睡していたというんです。それでインターホンを鳴らしても気づかなかったと。管理人さんたちが部屋に入ったときも、完全には目覚めていなかったそうです」

「あの、奥さんももしかして自殺を図ったんでしょうか」

睡眠薬で、と瞬が問うと小池は、

「詳しい話はまだ入ってきてないんだよ」

と首を横に振ったあとに、徳永に向かい説明を再開した。

「すぐに一一〇番通報があったんですが、富樫一路という珍しい名前なのでもしやと調べたらやはり、徳永さんから以前聞いていた最初の上司の方だとわかりました。それで知らせに来たんです」

「……ありがとう。富樫さんが搬送された病院を教えてもらえるか？」

徳永の顔色は相変わらず青かった。病院に搬送されたのなら一命は取り留めたということか。今、どのような状態なのかを一刻も早く知りたいに違いないと瞬もまた小池に注目する。

「新宿のT病院です。奥さんも同じ病院に搬送されたそうです。富樫さんが自殺未遂をしたと知って、ショックのあまり意識を失ったとのことで」

「わかった、ありがとう」

徳永が礼を言い、部屋を出ていこうとする。

「瞬、覆面で送ってやれ」

徳永に限ってはどれほど動揺していようと、事故を起こすようなことはないと小池もわかっていようが、それでも心配になったのか瞬にそう指示を出した。

「はい！」

瞬もまたここまで動揺している徳永を見たことがなかったし、富樫の状態も気になっていたので、一も二もなく承諾《しょうだく》の返事をすると、徳永のあとに続き部屋を出た。

「悪いな」

徳永が気遣ったようなことを言うのを「いえ」と瞬は首を横に振ることで退ける。そのまま二人は地下の駐車場に向かうと覆面パトカーに乗り込み、新宿のT病院を目指した。

小池に言われたとおり瞬が運転席に、助手席には徳永が乗る。徳永は一言も喋らず、何かを考えているようだった。信号待ちで停車をするたびに瞬は助手席の徳永の表情をちらちらと窺《うかが》わないではいられずにいたのだが、視線に気づいた徳永と目が合うと、何を言ったらいいかわからず、つい、

「すみません」

と謝ってしまった。

「謝るのはこっちだ。公私混同も甚《はなは》だしいな」

徳永が苦笑し、首を横に振る。

「そんな。富樫さんの無事を俺も確認したいですし」

瞬がそう言うと徳永は、

「無事だといいが」

と呟《つぶや》いたあと、少しの間、口を閉ざしていた。

「…………」

本当に無事であってくれるといい。意識は戻っているのか。それともまだ意識不明なの

か。一命は取り留めたということだったが、回復は見込めるのか。最悪の場合を想定せねばならないような状態ではないといい。

強く願っていた瞬は、徳永に、

「青だぞ」

と声をかけられ、はっと我に返った。目の前の信号が青になっていることにようやく気づき、車を発進させる。

「……すみません……」

自分が動揺している場合ではない。徳永を無事に富樫のもとに届けねばと瞬は気持ちを切り換え、運転に意識を集中させた。

車中には暫くの間沈黙が流れたが、その沈黙を破ったのは徳永の独白だった。

「……自殺未遂など、富樫さんらしくない……」

「…………」

富樫から電話をもらったときのことを思い出しているのだろうか。徳永は富樫が思いの外《ほか》サバサバしていたと確か言っていた。そのあと瞬が一緒にいるときに富樫の妻、美貴子からも電話があり、夫が酷く悩んでいるらしいと相談を受けた。

十分もの間、通話は続いたので、相談にはきっちり乗ってあげていたということになるのではないか。

それでも気にしてしまうのは、富樫がまったく『大丈夫』ではなかったことを見抜けなかった己を責めているのかもしれない。

にしても、と瞬は改めて富樫と彼の妻、美貴子の姿をそれぞれに思い浮かべた。

富樫も愛する妻の前では虚勢を張らず、己の弱みを見せた。それも愛ゆえだったのか。

美貴子はやはり愛ゆえ、それを夫が信頼している相手である徳永に知らせてきた。

愛という固い絆《きずな》に結ばれた二人の命の無事を祈らずにはいられない。強くそう願いながら瞬は、徳永のためにも少しも早く病院に到着したいと、必死でハンドルを握っていたのだった。

6

病院に到着すると、既に小池が連絡をしておいてくれたようで、徳永と瞬はスムーズに富樫の病室へと導かれることとなった。

案内してくれたのは、富樫を担当することになった看護師の一人だったので、病室に到着するまでの間、徳永は彼女に富樫の様子を尋ね、彼女はきびきびとその問いに答えてくれたのだが、彼女によると富樫は一旦、意識を取り戻したとのことだった。

「目覚めたとき、どんな様子でしたか？」

徳永の声に熱がこもったのがわかったようで、看護師が状況を正しく思い出そうとする顔になる。

「目覚めたのはほんの少しの間だったので、一言二言話した程度なんですが、呆然《ぼうぜん》としていらっしゃいました」

「呆然と……」

「はい、ここはどこだとお聞きになって。病院と答えると、わけがわからないという表情をされていました。包帯の巻かれた手首を見ても不思議そうな顔になられていて。ご自分が手首を切ったことも忘れていたのではないかと……」

「忘れて……」

まさか、と瞬は思わず声を漏らしてしまった。

「え？」

若い看護師が不思議そうな顔で瞬を見る。

「いえ、すみません。なんでもないです」

認知症の症状が相当進んでいるのだろうか。瞬が案じたのはそのことだった。それを説明するのを躊躇《ためら》ったのだが、そんな彼をちらと見たあと徳永が更に問いを発した。

「それで？」

「そのままお眠りになりました。その後、バイタルも安定していますので、命に別状はないかと」

「そうですか」

徳永は安堵《あんど》した顔となったあとに、ふと思いついたように問いを発した。

「奥さんは？　こちらに運ばれたと聞きました」

「はい、運ばれてきたときには既に意識もはっきりしていらっしゃいました」

「富樫さんに付き添っているのですか？」

「いえ」

看護師が答えたあたりで、富樫の病室に到着する。中に富樫の妻はいないのか、と、瞬は意外に思ったのだが、徳永もまた同じように思ったらしく、室内に入る前に看護師に確認を取った。

「奥さんはどちらに？」

「医師から富樫さんの命に別状はないと説明を受けたあと、入院準備があるからとご自宅に戻られました」

「そうですか」

徳永が相槌《あいづち》を打つ横で瞬は、なんだかもやもやとした思いが胸に満ちてくるのを感じていた。

入院準備が必要なことはわかる。しかし自殺未遂《みすい》をしたことがわかっているのだから、まずは付き添うことを考えないだろうか。

しかし、もしかしたら目が覚めたときに妻はその場にいたのかもしれない。この様子だと大丈夫と判断し、それで家に向かったということか。

だとしても、と首を傾《かし》げていた瞬をまたも徳永はちらと見たあと、視線を看護師に戻し問い掛けた。

「入ってもいいですか？」

「はい。眠っていらっしゃいますのでお静かに願えたらと」

看護師はそう言うと、どうぞ、と病室のドアを開いた。中には看護師が一人、ベッドの傍の椅子《いす》に座っていたが、徳永と瞬を見ると立ち上がった。

「再度自殺を図ることがないよう、一名、待機させています」

「え……」

となるとやはり、妻、美貴子が病室にいないというのは不自然なような。思わず声を漏《も》らした瞬だったが、ほぼ同時に徳永が喋《しゃべ》り始めたので、看護師たちの視線は彼へと向かうことになった。

「奥さんが戻られるまで、私が付き添いましょう」

「それは助かります」

看護師たちが安堵した顔になる。となると、と瞬が徳永を見ると、徳永は瞬を見返し口を開いた。

「悪いが今日は有休とさせてくれ。お前は内勤ということで……いや、街中に出ても問題はないか、もう」

見当たり捜査は一人では行わないのが、特殊能力係のルールだった。

「え、でも……」

『もう』ということは、と瞬が徳永を見る。

「もう暴走することもないだろう。一人前になって久しいからな」

徳永が口角を微《かす》かに上げて笑みを作り、手を伸ばして瞬の肩を叩く。

「言うまでもないが、指名手配犯を見つけたとしても深追いはするな。発見したらすぐに捜査一課に知らせるんだ。お前に限っては人違いをすることはないとわかっているからな」

「あ……りがとうございます」

そこまで信頼されているとは。驚くべき徳永の言葉に、瞬の胸に熱いものが込み上げてきた。

「今日は任せた。勿論《もちろん》、何かあった場合は連絡をくれ」

「はい。わかりました……っ」

やる気が溢《あふ》れていたせいで、返事をする声が弾みそうになる。が、目の前には自ら命を絶とうとした徳永の大切なもと上司がいると、瞬は声のトーンを抑え、徳永に頷《うなず》いてみせたのだった。

　瞬の声はさほど室内に響かなかったはずなのだが、そのとき富樫が小さく呻《うめ》いたものだから、徳永も、そして瞬もはっとし、横たわる彼へと注目した。

　富樫の瞼《まぶた》がゆっくりと上がり、黒い瞳が動く。

「富樫さん、徳永です」

　徳永が富樫に屈み込むようにし、声をかける。

「……徳永……どうしてお前が……」

　富樫は未だ、朦朧《もうろう》としているようだった。それゆえだろう、徳永がゆっくりとした口調で話しかける。

「富樫さんが、病院に、運ばれたと、連絡を、もらったんです。無事と、わかって、ほっとしています」

「……俺が……病院に……」

　ぼんやりとした表情を浮かべていた富樫の目に次第に強い光が宿ってくるのを、瞬は息を呑《の》みつつ見守っていた。

「なぜ、運ばれたか、わかりますか?」

　徳永が一言一言、言葉を句切りながら質問を続ける。徳永もまた、富樫の思考がはっきりしつつあることを感じているのだろう。答えを待つその目は真剣で、一言も聞き漏らすまいという意志が表れていた。

「……いや……」

富樫は何かを言いかけた。が、結局は首を横に振り、口を閉ざした。暫《しば》しの沈黙が病室内に流れる。

「美貴子は？」

沈黙を破ったのは富樫だった。ぽつりと呟《つぶや》くような声音《こわね》で問うてきた彼に、徳永が敢えてそうしているのか淡々と答える。

「富樫さんの入院準備のため、今はご自宅に戻られているそうですよ」

「……そうか」

それを聞いた富樫が、一瞬啞然《あぜん》としたように瞬には見えた。相槌を打つ声も力ない。やはり傍にいてもらいたかったのではないか。そう考えていた瞬の前で富樫は再び目を閉じた。

「……美貴子に申し訳なかったな……」

ぽつ、と聞こえないような声で富樫が呟く。語尾が不明瞭となっていたのでよく聞き取れなかったが、瞬は富樫の妻に対する謝罪の言葉ではないかととらえていた。

どうやら再び眠りについたらしい富樫を見つめていた瞬は、徳永に声をかけられ我に返った。

「一つ頼まれてくれるか？」

「あ、はい。なんでしょう」

問い返した瞬を前に、徳永は一瞬言葉を選ぶようにしたもののすぐに口を開いた。

「富樫さんの家に行ってもらいたい。奥さんがまだ家にいたら覆面で送ってもらえるか？　荷物もあるだろうから」

「わかりました」

「住所を伝える」

徳永がスマートフォンを取り出すのを見て、瞬も慌ててポケットから取り出す。聞いた住所を地図アプリに打ち込むと瞬は、

「それではいってきます」

と声をかけ病室を出た。出がけに振り返って富樫の様子を見たが、目を閉じたその顔は蒼白といってよかった。

短時間ではあるが、比較的しっかり会話をしていたように思う。自分が何をしたかということもわかっていたようだった。最初に目覚めたときに、手首を切った記憶がないよう

に見えたというのは、単に意識が朦朧としていたからだったのだろう。

しかし富樫が自ら命を絶とうとするなんて。病院の駐車場に停めていた車を発進させながら瞬は富樫の青ざめた顔を思い出し、溜め息を漏らした。

自分の記憶が失われていくことに耐えられなくなったのだろうか。まだ病状としてはさほど進んでいないように見える。記憶が失われていない今のうちに時を止めようと、そう願ったのだろうか。

「………」

富樫のことをあまり知らなくはあったが、少々違和感があるように思える。そんな願いを抱くはずがないと断言はできないものの、徳永と三人で飲んだときの彼を思い返すに、死を望んでいたようには感じなかった、と瞬は尚も首を傾げた。

酒でも飲んでいたのだろうか。泥酔《でいすい》し、意識の箍《たが》が外れた状態でふと、己の行く末が不安となり勢いで手首を切ってしまった、というのは充分あり得る話だ。

『……美貴子に申し訳なかったな……』

だからこその妻への謝罪だったのかもしれない。それにしても一命を取り留めて本当によかった、と瞬は安堵《あんど》すると同時に、徳永の美貴子への気遣いにもまた、さすが、と感心していた。

夫の自殺未遂《みすい》は彼女にとってさぞショックだっただろう。それを気遣ったからこそ、覆面パトカーでの迎えを思いついたのではないか。

彼女があの場にいないことに対して、『非難』まではいかないが近い感情を抱いてしまっていた自分が情けない、と少々落ち込んでしまいながら瞬は、富樫の自宅へと急いだのだった。

富樫は練馬区の石神井《しゃくじい》に住んでいた。三階建ての集合住宅で、かなり築年数が経っているように見えた。

富樫の部屋は二階だった。集合住宅はオートロックではなく、外付けの階段がついている。ドアのインターホンを押したが応答がないので、瞬はドアを叩きつつ、中に呼びかけてみた。

「富樫さん、いらっしゃいますか?」

耳を澄ませたが、中に人がいるような気配は感じられなかった。電気もついていないようである。

「あの」

と、背後から瞬に声をかけてくる人がいた。振り返ると、初老の女性で、どうも、というように頭を下げてから話しかけてくる。

「富樫さんなら留守みたいよ。昨夜、凄《すご》い騒ぎだったの。救急車が二台も来てねえ」

どうやら同じフロアに住んでいる人のようだと思いつつ、瞬は、

「そうなんですか?」

と惚《とぼ》けることにした。

「パトカーも来てたのよ。何があったのかしらね」

「そ……そうなんですね」

何があったか、説明はできるがやはり惚けた上で瞬は、美貴子の所在を聞いてみることにした。

「あの、奥さんが一度戻られたと聞いたんですが……」

『誰に』と突っ込まれないといいと思いながら問いかけると、

「ええ、さっき見かけたわ」

と教えてくれた。

「旅行鞄《りょこうかばん》を持ってたわ。凄く急いでいる様子で、それで声がかけられなかったのよ」

「そうだったんですね。ありがとうございます」

既に家を出たあとだった。間に合わなかったかと思いながら瞬は女性に丁寧《ていねい》に礼を言ったのだが、続く彼女の言葉には驚いたせいで一瞬声を失ってしまった。

「富樫さん、アルツハイマーを発症したんですって。奥さんがそりゃ心配してたのよ。もしかしてそれで救急車が来るようなことになったのかしら」

「あ、あの……」

まさか知っているとは。相当親しくしてるのだろうかと驚く瞬を見て、女性は、バツの悪そうな顔になった。

「あら、喋《しゃべ》りすぎたかしら。ともかく、奥さんは留守だし、家には誰もいないと思うわよ」

それじゃ、と女性は二つ隣の部屋へと入っていってしまった。なんともいえない気持ちとなった瞬は、暫しその場に立ち尽くしていたのだが、そんな場合じゃなかったと我に返ると、慌てて覆面パトカーに戻ったのだった。

車を発進させたあと、暫く走ってから路肩に停めると瞬は徳永宛《あて》に、既に美貴子は入院用の荷物を持って家を出たあとだったとメールを打った。

と、徳永からはすぐに返信があり、一旦病院に戻るようにとのことだった。戻って何をするのかと疑問を覚えはしたが、瞬はすぐに承諾《しょうだく》した旨《むね》、返事を打つと再び病院へと向かった。

富樫の病室に入ると、富樫は未だ眠っている様子だった。室内にいたのは徳永一人で、妻、美貴子の姿はない。

追い越してしまったのだろうかと思いつつ瞬は徳永へと近づいていった。

「悪いな」

「いえ。奥さん、まだのようですね？」

見たところ、美貴子が持っていたという旅行鞄はない。なのでまだ到着していないのだろうと判断し、瞬はそう確認を取った。

「ああ」

徳永は頷《うなず》いたあと、少しの間、考える素振りとなり口を閉ざした。

「？」

何を言おうとしているのか。まったく予想がつかない、と瞬は内心首を傾《かし》げながら、徳永が口を開くのを待った。

「……これは上司としての命令ではなく、お願いなんだが……」

「はい？」

ようやく口を開いた徳永の発した言葉に、瞬は戸惑いを覚えずにはいられなかった。

「お前にも有休を取得してもらった上で頼みたい。勿論《もちろん》拒否する権利はある」

「拒否しません。有休もまだ残ってますし……」

一体何をせよというのだ。まるで予測がつかない、と瞬は思わず身を乗り出し、徳永に問い掛けてしまった。

「う……」

大声というほどではないが、潜めたとはいいがたい声だったからか、富樫がそれに反応する。

「す、すみません」

慌てて小声で詫《わ》び、富樫の様子を窺《うかが》う。富樫は目覚めることなく、再び規則正しい寝息を立て始め、瞬をほっとさせた。

「……申し訳ありません」

「いや。いい」

徳永が手を伸ばし、瞬の肩を叩く。

「お前に頼みたいのは、富樫さんの付き添いだ」

「え?」

戸惑いから声が漏《も》れたが、その声のトーンはさすがに抑えることができた。

「目覚めたときに富樫さんが自ら命を絶つことがないよう、一応見張っていてほしい。おそらく、その危険はないとは思うが……」

「あの……わかりました。奥さんが来るまでということですか？　それともそのあともでしょうか？」

間もなく美貴子は到着するはずである。その後も付き添えというのは、美貴子への配慮《はいりょ》ということだろうか。

瞬はそう解釈したのだが、徳永はまた、少し考える素振りをしたあとに、

「奥さんが来たら知らせてくれるか？」

と、返事ではない言葉を返してきた。

「あ、はい。わかりました」

「それじゃ、あとは頼む」

徳永が瞬の肩を再び叩き、病室を出ていく。自分がこの場を外すからかわりにということかと、ようやく瞬は徳永の指示について、彼の意図を察することができた。

どこに行くのだろう。今日は有休を取得し、富樫に付き添うと言っていたはずだが、出かける用事が何かできたのだろうか。

見当たり捜査に行ったとか？　一度は瞬に対し、単独での見当たり捜査を許可したものの、やはり無理だと判断し、自分が担当することにした――とか？

それなら徳永ははっきりとそう言いそうだ。やはり何か急用ができたということだろう

と瞬は己の疑問にそれなりの解答を見つけると、さて、とそれまで徳永が座っていた、富樫のベッドサイドにある椅子《いす》へと腰を下ろした。

富樫の状態は安定しているとのことだったが、顔色は悪いものの、確かに呼吸も規則正しく、苦痛に苛《さいな》まれているようには見えなかった。

顔色も先程よりは少しましになっているような。点滴のおかげだろうかと思いながら瞬は富樫を観察し続けた。

五分、十分と時が経つ。そろそろ美貴子が来る頃だろうか。タクシーでも電車で来たとしても、家から病院はさほど時間がかからないのではないかと思う。

他に用事をすませてくるつもりなのか。たとえば？　ああ、銀行とか。お金を下ろしてから来るということはありそうだ。あとは、入院に必要なものを買いそろえているとか？だとしても、彼女がこの場にいないことに対する違和感はやはり瞬の胸からは消えていかなかった。

相変わらず顔色の悪い富樫の寝顔を見やり、つい溜め息を漏らしそうになる。命に別状はないと医師に言われたとしても、この顔色を見たら心配にならないだろうか。万一のことを考え、付き添っていたいと願うものではないのか。運良く一命を取り留めたとはいえ、富樫は自殺を図ったのだ。目覚めてまた自ら命を絶とうとするとは、考えなかったのだろうか。

徳永は考えたからこそ、自分を見張りとして残したのだろうし。首を傾げる瞬の耳に、結婚のよさを語っていた富樫の明るい声が蘇《よみがえ》る。

『生活面が恵まれるというのも勿論ある。家に帰れば飯ができてるとか、風呂が沸いてるとかな。でもそんなのは付加価値にすぎないんだよ。なんていうかな、美貴子と出会って、縁あって結婚し、家族になったわけだが、自分が護《まも》るべき家族、帰るべき家庭があるとないとでは、人生観がまったくかわってくるんだよ』

これぞ愛ということだろうと実感した。富樫は妻を愛している。妻も当然、富樫を愛しているものだと思っていた。

愛している相手が命を絶とうとしたというのに、傍を離れるだろうかと、やはりどうしても考えてしまう。

とはいえ、近所の人の話では、美貴子は急いでいる様子だったという。もしかしたら、自殺を図った夫を見るのがつらいのかもしれない。それこそ愛ゆえに。

彼女の心情も、そして入院用の荷物を取りにいかなければならなかった理由や状況もわかっていないのに、非難めいた感情を抱くことは間違っている。己にそう言い聞かせながらも、どうしても『なぜ』という疑問が湧き起こってくるのを瞬は抑え込むことができずにいた。

それから更に一時間が経ったが、なぜか美貴子は現れなかった。三十分ほど前に訪れた看護師によると点滴に安定剤が入っているとのことで、富樫が目覚めることもない。

銀行や買い物にしても遅すぎるような、と考えていると、小さくノックの音がした直後に静かに扉が開き、徳永が中へと入ってきた。

「…………」

お疲れ様です、と声を出さずに頭を下げる瞬に頷いたあと、徳永の視線は富樫へと移る。眠っていることを確認すると徳永は瞬に目配せをし、病室を出た。来いということかと察し、彼に続いて瞬も部屋を出る。

「奥さんは来てないな？」

外に出ると徳永は声を潜め、瞬に確認を取ってきた。

「はい。まだ来ていません」

「富樫さんの容態は落ち着いているよな？」

「眠ってらっしゃいます。看護師さんによると、間もなく目覚めるのではないかとのことでした」

瞬の答えに徳永は「そうか」と頷いたあと、抑えた溜め息を漏らした。

「？」

どうしたのだろうと眉を顰《ひそ》めた瞬に徳永は一瞬、何か言いかけたが、すぐに唇を引き結ぶと、行くぞ、というように目配せをし、再び病室内へと戻った。瞬も慌ててあとを追う。

徳永はじっと富樫を見下ろしていたが、やがて静かな声音《こわね》で呼びかけた。

「富樫さん」

「…………」

富樫は微《かす》かに呻《うめ》いてから、ゆっくりと目を開いた。

「……おう、徳永か」

少しぼんやりしているようだったが、すぐに徳永と認識し、微笑《ほほえ》んで寄越す。

「気分はどうですか？」

「ああ、大丈夫だ」

徳永の顔に笑みはない。これでもかというほど案じているのが伝わってくる真摯《しんし》な表情である。

ものものしいとも思える様子に幾許《いくばく》かの違和感を覚えていた瞬の前で、徳永が口を開く。

「富樫さん、正直に答えていただきたいのですが」

表情を裏切る厳しい声音に、瞬の抱く違和感はますます増していく。

「なんだ？」

富樫はすっかり目覚めているようだった。身体《からだ》を起こそうとするのに徳永が手を貸す。上体を起こした富樫は、少しつらそうに見えた。徳永もそう感じたらしく、

「大丈夫ですか」

と確認を取っている。

「大丈夫だよ」

富樫は微笑み、頷いたが、あまり『大丈夫』そうには見えなかった。彼の顔にもなみなみならないとしか表現し得ない表情が浮かんでいるのが気になる、と瞬は思わず見つめ合う二人を凝視してしまっていた。

「富樫さん。奥さんが行方《ゆくえ》をくらましました。銀行口座から残金をすべて引き出したと確認が取れています」

「えっ」

思いもかけない徳永の発言に瞬はつい、驚きの声を上げてしまった。しまった、と掌《てのひら》

で己の口を塞《ふさ》ぎ、富樫の表情を見やったのだが、それは富樫もさぞ驚いているだろうと想像したからだった。

しかし瞬の予想に反し、富樫はただ、俯《うつむ》いていた。彼の顔に驚きの表情は欠片《かけら》ほども浮かんでいない。

一体どういうことなのか。まさか想定していたとでもいうのだろうか。ただただ驚いていた瞬は、続く徳永の発言が更に自分を驚かせるものになるとは、まるでわかっていなかった。

「奥さんはあなたを自殺に見せかけて殺そうとした。そうですね？」

「……っ」

仰天《ぎょうてん》したせいで瞬はまたも大声を上げそうになった。が、咄嗟《とっさ》に堪《こら》えることができたのは、富樫ががっくりと肩を落とす姿を目《ま》の当たりにしたためだった。

そんな——ショックを受ける瞬の前で、徳永が淡々と喋《しゃべ》り続ける。

「現在、捜査一課が奥さんの行方を捜しています。どうやら一人ではないようです。行き先に心当たりはありませんか？」

「……徳永……」

俯いたまま、富樫が徳永に呼びかける。掠《かす》れたその声は力なく、一気に十も二十も歳をとってしまったようだ、と瞬は心配のあまり富樫の顔を覗《のぞ》き込もうとした。と、富樫が顔を上げ、徳永を見る。

「はい」

返事をした徳永もまた、富樫へと真っ直ぐに視線を送っていた。二人は暫《しば》し見つめ合っていたが、先に目を伏せたのは富樫だった。

「……俺が自分で手首を切った。美貴子は何も知らない」

「富樫さん……！」

それを聞き、徳永が厳しい声を出す。

「本当だ。殺人未遂《みすい》ではない。自殺未遂だ」

「富樫さん、どうして奥さんを庇《かば》うんです」

徳永が富樫に迫る。こんな徳永を瞬は今まで見たことがなかった。常に冷静沈着な彼が、今はすっかり興奮し、声を荒立てている。

「庇っていない。事実だ」

「わかりました。それでは奥さんから話を聞きます」

そう言ったかと思うと、徳永は病室を飛び出していった。

「徳永さん！」

慌ててあとを追おうとした瞬だが、富樫を一人にしていいのだろうかと迷い足を止める。

それにしても今の話は本当なのだろうか。振り返った瞬は、富樫の顔色のあまりの悪さにぎょっとし、慌てて彼に駆け寄った。

「だ、大丈夫ですか？　看護師さんを呼びますね？」

「……大丈夫だよ。麻生君」

真っ青の顔色のまま、富樫が麻生に縋《すが》ってくる。

「と、富樫さん？」

「頼む。徳永を止めてくれ。俺は間違いなく、自分で手首を切った。美貴子が逮捕されることにはならないように、奴を止めてくれないか」

必死で訴えかけてくる富樫の目は酷《ひど》く潤んでいた。未だ、何がなんだかわかっていない状態ではあるものの、彼の必死の訴えが真実を語っていないことは、さすがに瞬にも伝わっていたのだった。

7

瞬はナースコールで看護師を呼んだのだが、看護師とほぼ同時に小池が部屋に入ってきたことに驚き、理由を本人に問うた。

「徳永さんから聞いてないか？」

治療の邪魔になってはいけないと、小池は瞬を病室の外に連れていくと、富樫の妻、美貴子の行方を殺人未遂の容疑で捜していることと、富樫の身の安全のため捜査一課の刑事が交代で警護しつつ、彼から事情を聞くことになったのだと説明してくれた。

「徳永さんから、自殺未遂ではなく、奥さんによる殺人未遂で、奥さんは逃走の恐れがあると連絡があったときには驚いたよ。銀行口座を調べろと言ってきたのも徳永さんだ。一円残らず引き出されていた。今、行方を捜している」

「……どうしてそんな……」

富樫は自殺を図るような人間ではないのではと、違和感は持っていた。しかしまさか、

んなのか。

憂《うれ》えたという動機には充分共感できていたからだが、妻が夫を殺害しようとした動機はな

妻による殺人未遂とは思っていなかった。アルツハイマー型認知症と診断され、行く末を

思えない。

加えて銀行から預金をすべて下ろして逃走したとなると、同情できるような理由とは到底

将来に絶望した？　介護疲れの末というのならともかく、まだ兆候が現れた程度である。

「理由は本人に聞くしかないだろうなあ」

小池が気まずそうな顔になり頭を掻《か》く。そうか、『本人』というのは妻の美貴子だけで

なく富樫も含まれるのかと気づいた瞬は、富樫から言われたことを小池にも伝えることに

した。

「富樫さんは自分で手首を切ったと言ってます」

「庇ってるのか？　なんだってまた……」

小池が驚いた様子となったあとに、はっとした顔となる。

「もしや、忘れてしまったとか？」

「それはないと思います。多分、ですが」

自殺の動機については、警察には妻から説明がなされたとのことだったので、小池は富

樫がアルツハイマー型認知症の診断を受けたことを知っていた。

病状については、瞬にはよくわかっていなかったが、様子を見るに未だ重篤《じゅうとく》化はしていないと思われる。自分がされたことを覚えていないわけではなく、妻を庇っているのだと、瞬はそこを強調したのだった。

「自分を殺そうとした相手を庇うなんてなあ」

小池はなんともいえない表情となったが、やがて、

「ともかく、富樫さんについては我々が引き継ぐんで、任せてくれ」

と告げ、頷《うなず》いてみせた。

「わかりました」

相変わらず心配ではあったが、身内でもない上に、富樫本人から望まれているわけでもないので、立ち去るしかない。頷いた瞬は、それでも気持ちをその場に残していたのだが、小池の言葉を聞き、慌てて駆け出したのだった。

「徳永さんが外で待ってたぞ」

「えっ！　ありがとうございます！」

まさか待たせていたのかと、廊下《ろうか》を駆け階段へと向かう。看護師に「走らないでください」と注意をされたため、謝罪し歩調を緩《ゆる》めたものの、焦る気持ちのまま瞬は病院を飛び

出し、周囲を見回した。

「ここだ」

徳永は病院の駐車場で待っていてくれた。

「すみませんでした。お待たせして」

「いや。俺こそ悪かった。すっかり興奮してしまった」

徳永はらしくなく、バツの悪そうな顔をしていた。確かに興奮していたが、気持ちはわかりすぎるほどにわかる。それで瞬は、

「いえ」

と首を横に振ったあとに、富樫の身に何が起こったのかを確認すべく問いを発した。

「すみません、実際のところ、どういう状況だったのでしょうか」

「それに関してはこれから向かう場所で一緒に説明をするのでいいか？」

「はい……？」

どこに向かうつもりなのか。行き先は告げられていなかったが、断るようなことではない、と瞬は頷き、徳永が運転席に乗り込んだ覆面パトカーの助手席に彼も乗ったのだった。

徳永が向かったのは新宿二丁目だった。昼間ではあるが、人通りはそこそこあるエリアのパーキングに車を停め、目的地を目指す。

二丁目ということは、と、瞬は行き先に心当たりをつけていた。徳永が重用している情報屋、『新宿のヌシ』と言われる男に調査を依頼するつもりなのだろう。

依頼内容は富樫の妻、美貴子の行方だろうか。そう考えながら瞬は徳永のあとに続き、ゲイバー『three friends』に足を踏み入れた。

「徳永さん、いらっしゃい。待ってたわ」

ゲイバーの営業時間は夜間のみのはずだが、徳永は事前に連絡を入れていたようで、有能な情報屋にして店のオーナーでもあるミトモが、眠そうな顔で迎えてくれた。

薄暗い店内で見る彼は絶世の美貌《びぼう》を誇っているが、馴染《なじ》みの客曰《いわ》く、類稀《たぐいまれ》なるメイクテクの賜《たまもの》とのことである。年齢不詳、しかし徳永より随分《ずいぶん》と上らしい彼は、いつものように徳永に対してシナを作ってみせたあとに、申し訳程度に瞬にも挨拶《あいさつ》してくれた。

「坊やもいらっしゃい。何か飲む？　水でいいかしら？」

「いえ、結構です。すみません、お願いしていた件ですが、何かわかりましたか？」

時間が惜しいのか、徳永が前のめりになっているのがわかる。

「今、裏取りをしてるとこ。間もなく連絡があると思うからちょっとだけ待っててくれる？」

ミトモが申し訳なさそうな顔になったとき、カランカランとドアについているカウベルが鳴ったと同時に、瞬にとっても馴染みのある男が店に入ってきた。

「ミトモさん。わかりましたよ。あ、どうも」

ミトモに声をかけたあとに、徳永と瞬、二人に気づき挨拶をしてきたのは、フリーのルポライター、藤原《ふじわら》龍門《りゅうもん》だった。

「藤原さんが調べてくださってたんですか」

徳永が驚いて問い掛けるのを聞き、ミトモが、

「裏取りだけよ」

と涼しい顔で答える。

「すみません、お手数おかけして」

「いや、ちょうど暇だったので」

恐縮する徳永に対し、藤原は鷹揚《おうよう》に笑うと、スツールに腰を下ろしミトモと徳永、それに瞬に向かい喋《しゃべ》り始めた。そんな彼のためにミトモがミネラルウォーターをグラスに注ぎ、サーブする。

「ありがとうございます。富樫美貴子さんの相手、特定できました。ホストクラブ『エストレージャス』のナンバーツー、白井《しらい》涼介《りょうすけ》で間違いありません」

「えっ。ホスト?」

美貴子がホストと？　まるで話が見えないと啞然《あぜん》とする瞬に、徳永が簡単に説明をしてくれた。

「美貴子さんは今、そのホストと逃走中と思われる。それが富樫さんを殺害しようとした動機の可能性が大きい」

「ちょ、ちょっと待ってください。あの綺麗《きれい》な奥さんが、浮気をしてたってことですか？」

そんな馬鹿な、と啞然とする瞬を見るミトモの目に憐《あわ》れみが籠《こ》もる。

「『綺麗な奥さん』なら浮気しないって思い込み？　馬鹿なの、あんた」

「そういう意味じゃないんです。ただその……」

奥さんは見かけただけで、直接会話を交わしたことはほぼない。しかし富樫が語った結婚の素晴らしさからは、互いへの深い愛情が感じられた。

なのに妻のほうは浮気をしていたというのか——予想外すぎる話を聞き、瞬はかなりショックを受けてしまっていた。

「苛《いじ》めないでやってください」

徳永が苦笑しつつ、瞬の肩をぽんと叩く。

「結婚に夢を持てる世代なんですよ、まだ瞬君は」

横から藤原もそんな、揶揄《やゆ》しているとしか思えないことを言ってくるのに、ミトモは、

「どうせアタシは酸《す》いも甘《あま》いも噛《か》み分けた世代よ」

と肩を竦《すく》めてみせたあとに、藤原に対し、「続けて」と先を促した。

「白井との関係はかなり長いようです。奥さんは店にはほとんど通っていません。どうやらホストと客という関係ではなく、昔からの知り合いと思われます。二人の出会いについてはちょっと調査が間に合いませんでした」

「あら、りゅーもんちゃんらしくない」

ミトモが意地の悪い声を出すのに徳永が「充分です」とフォローを入れる。藤原にとってはミトモの嫌みなど慣れたもののようで、苦笑してみせるとすぐ、調査内容を話し続ける。

「この白井が相当ヤバい奴でして。出身は神戸なんですが、過去に殺人教唆《きょうさ》での逮捕歴がありました。但《ただ》し、証拠不十分で不起訴になってますが」

「殺人教唆！」

またも驚きの声を上げたのは瞬だけで、徳永は淡々とした口調で藤原に問い掛ける。

「もしや今回同様、交際相手に夫の殺害を唆《そそのか》したのですか？」

「そうなんです。交際相手は当時彼が勤めていたホストクラブの客で、夫の死を自殺に見

せかけての殺人と見込まれたんですが、殺人自体が不起訴になりました。今から七年前の事件で、交際相手は不起訴となったあとに自ら命を絶ってます」

「それ、白井が殺したんじゃないの？」

ミトモの指摘に藤原もまた頷く。

「事件のあとさすがに店にも居づらくなったのか、上京して新宿のホストクラブ勤務となりました。富樫美貴子も神戸出身ですよね」

「なるほどねえ。関西の事件だったから、こっちでは知る人間がさほどいなかったってことね。アタシも知らないわ、その話」

ミトモが頷くのに藤原も頷き返し、視線を徳永へと向ける。

「白井から店に、当分休むという連絡が今朝入ったとのことでした」

「ありがとうございます。白井の写真はありますか？」

徳永の問いに藤原は頷くと、ポケットからスマートフォンを取り出した。

「店に飾ってある写真ですが。今、送りますね」

「ありがとうございます」

徳永もまたスマートフォンを取り出し、藤原から送られてきた写真を見る。横から瞬も徳永の手元を覗《のぞ》き込み、白井の顔を確認した。

「……こんな男が……」

写真はいかにもホストといった感じの、茶髪の男だった。年齢は自分と同じくらいにも見えるが、七年前に既にホストだったとするともう少し上かもしれない。

「すぐに手配します。ありがとうございました」

徳永は礼を言うとポケットから財布を取り出し、ミトモに一万円札を数枚支払った。何枚なのだろうと思わず見てしまっていた瞬を徳永がじろりと睨《にら》む。

「すみません……」

「行くぞ」

好奇心が過ぎたことに対して謝罪をした瞬を促すと徳永はミトモと藤原に、「ありがとうございました」と頭を下げ、スツールを下りた。瞬も慌てて立ち上がる。

「いつでもお待ちしてるわ」

「直で俺に頼んでくれてもいいですよ」

ミトモと藤原の声に送られ、徳永と瞬は店を出た。外に出ると徳永はすぐに電話をかけ始めた。

「小池か。富樫美貴子の愛人と思われる男の特定ができた。これから名前を言う。至急、行方《ゆくえ》を追ってほしい。おそらく、彼女も行動を共にしているると思われる」

小池の驚いた声が漏《も》れ聞こえたが、徳永は淡々と白井の名を告げ、七年前、彼が不起訴になったという殺人教唆の件を伝えた。

電話を切ると徳永は少し考えたあと、口を開いた。

「ホストクラブがここから近いな。一応、行ってみるか」

「はい」

返事をしたものの瞬は未だに混乱していた。

美貴子が富樫を自殺に見せかけて殺そうとしたと徳永に聞いたときには、信じがたいという思いを抱いた。しかし彼女が行方を眩《くら》ませたのは事実である上、ホストの愛人もいたという。

彼女は今、そのホストと行動を共にしている可能性が大きいと徳永は言っていた。富樫の預金を全て下ろしているという事実からも、逃走する気満々ということだろう。

一体なぜ、そんな酷《ひど》いことができるのか。富樫は間違いなく妻を愛していた。妻のほうでは愛が冷めたということなのか。それとももともと、愛してなどいなかったのか。

もしや認知症を発症したから――？　そんな、と思わず呟《つぶや》いてしまっていた瞬は、徳永に腕を摑《つか》まれ、はっと我に返った。

「大丈夫か。顔色が悪いぞ」

「大丈夫です。ただ、どうしても納得できなくて……」

本音がつい瞬の口から漏れる。

「あ、すみません」

それを聞いた徳永が眉《まゆ》を顰《ひそ》めたのを見て、自分が納得できるかどうかが問題ではなかったと瞬は慌てて謝罪した。

「謝る必要はないが、何が納得できないんだ？」

歩きながら話そう、と徳永が足を進める。

「奥さんが富樫さんを殺そうとした理由です。認知症を発症したから殺そうとしたんでしょうか。だとしたらあまりに……」

やりきれない、と続けようとした瞬に対し、徳永は首を横に振った。

「この先の介護を考えてというわけではないと思う。本人の自白を待つしかないが」

「ではどうして？」

瞬の問いに徳永は言葉を選ぶように少し黙ったあと、口を開いた。

「離婚ができなくなると考えたからじゃないか。認知症を発症したことがわかっているのに離婚をすれば、世間体《せけんてい》が悪いとでも思ったんだろう」

「世間体って……そんな……」

確かに、見捨てるのかといった非難は浴びるかもしれない。だとしても殺害しようとしなくても、と瞬はやはり納得できず、首を傾《かし》げた。

「そもそも、俺に相談に来たところからおかしいと思っていた」

瞬が理解できないでいるのがわかったからか、徳永が淡々とした口調のまま話を続ける。

「どういうことですか？」

「奥さんとは面識はあるし、一昨年の正月に年始挨拶《あいさつ》に行ったときに富樫さん共々、一緒に飲んだりもした。だが富樫さんがアルツハイマー型認知症の疑いがあるのに病院に行ってくれないというような、ごくごく私的な相談を受けるほど奥さんと親しいかとなると疑問だった。富樫さんも意外だと言っていただろう？」

「……確かにおっしゃってましたね」

頷《うなず》いた瞬に徳永も頷き返す。

「もっと相談するのに相応《ふさわ》しい人間はいたはずなんだ。親戚《しんせき》しかり、現在の職場の人間しかり。なのに彼女は俺のところに来た。理由はおそらく、俺が警視庁勤務の刑事だからではないかと思う」

「刑事だから……あ、もしかして」

既にその時には、殺害の計画を練《ね》っていたと、そういうことか、と思い当たると同時に瞬は愕然《がくぜん》としてしまっていた。

「富樫さんが認知症を発症し悩んでいたという証言を得るために俺を選んだ。相手が刑事となれば信憑性《しんぴょうせい》も高いとでも考えたんだろう」

「そんな……酷いですね……」

言葉もない。そういえば美貴子は同じアパートの住人に、富樫が認知症を発症したことを喋《しゃべ》っていた。他人に喋るようなことかと驚いたが、もしやあれも自殺の動機があると思い込ませたかったからかもしれない。自然と顔を歪ませてしまっていた瞬の肩を、徳永が叩く。

「本当に酷い話だ。なのに富樫さんは奥さんを庇《かば》っている。それがまたやりきれない」

徳永の顔もまた歪んでいた。が、瞬と目が合うとすぐに徳永はいつものポーカーフェイスを取り戻し、

「急ぐぞ」

と声をかけたかと思うと早足で歩き始めた。瞬も遅れまいとあとを追う。

傍にいると徳永の怒りが伝わってくる。尊敬する、そして非常に思い入れのあるもと上司が妻に裏切られた上で殺されそうになったのだ。憤《いきどお》る気持ちもわかる。しかも上司はそんな妻を庇い、自ら手首を切ったと告げているのだ。

　なぜ、富樫はそんな嘘をつくのだろう。妻を愛しているからか。いくら愛していようが、許されることではない。罪を犯した者が愛ゆえ許されるなどということは、あってはならないはずである。

　それ相応の償いをすべきであるし、刑罰を受けるべきだ。何より、富樫に謝ってほしい。夫婦の間のことに口を挟むのはどうかとは思うが、殺人未遂《みすい》だ。捨て置けることではない。

　今、美貴子は愛人と逃走中と思われる。彼女は一体どのような気持ちでいるのだろう。殺し損《そこ》ねたことを後悔《こうかい》しているのか。せめて罪悪感は抱いていてほしいものだと、甘いことを考えている自覚を持ちつつも瞬は、これから向かうホストクラブ近辺で彼女の姿をもし見かけたとしたら、冷静でいられるだろうかと、それを案じてしまっていた。


　新宿歌舞伎町《かぶきちょう》のホストクラブ『エストレージャス』の周辺には、瞬もよく知っている捜査一課の刑事たちが既に駆けつけていた。

　邪魔をしては悪いという配慮《はいりょ》からだろう、徳永はすぐに駅前に移動をすると言い、その後、二人は新宿駅東口や西武《せいぶ》新宿の駅近辺で見当たり捜査を始めたのだが、気づけば瞬は先程写真で見たホストと美貴子の姿を探していた。

既に逃亡しており、今、東京にいる可能性は低いのではないかと思う。富樫がはっきりと意識を取り戻すより前に逃げねばと、焦って病院を出たのだ。今頃はとっくに姿を隠せる場所へと向かっていることだろう。

二人の出身だという関西だろうか。既に海外に出ているかもしれない。そんなことを考えながら駅へと吸い込まれていく人々を眺めていた瞬の目に、思いもかけず二人の男女の姿が飛び込んできた。

「えっ？」

まさか。幻を見ているのだろうか。サングラスをかけ、駅へと急ぐ様子の二人は、どう見ても白井と美貴子だった。

瞬は焦ってあとを追いつつ、ポケットからスマートフォンを取り出し、かけようとしたが、動揺《どうよう》しすぎて取り落としそうになり、落ち着け、と自分に言い聞かせる。

目で二人を追いながら瞬は、徳永に電話をかけた。

『どうした』

「白井と美貴子だと思います。今、新宿駅構内に入っていこうとしています」

『……っ。わかった。正確な場所を頼む』

徳永が息を呑《の》んだのがわかった。瞬は現在地と二人の様子をできるだけ細かく伝え、電話を切った。

白井の茶髪が目立つのに加え、美貴子がカートを引いているため歩く速度はさほど速くなく、見逃すことはなさそうだった。

瞬は少し距離を取って二人を追っていたのだが、やがて二人の前に、よく見知った男たちが立ち塞《ふさ》がったため、足を止めた。

男たちは捜査一課の刑事だった。手帳を見せられると二人は観念したのか逃走を企《くわだ》てることなく、刑事たちに取り囲まれた状態で駅の外へと向かっていった。

刑事たちと顔を合わせるのはなんとなく躊躇《ためら》われ、瞬は彼らを避けようと脇に逸《そ》れた。と、背後からぽんと肩を叩かれ、はっとして振り返る。そこにはいつものポーカーフェイスを保った徳永が立っており、瞬に向かって一言、

「よくやった」

と告げ、唇を引き結ぶようにして微笑《ほほえ》んだ。

「とっくの昔に高飛びしたと思っていたが、意外だったな」

「はい。見かけたとき、まさかと思いました」

「大人しく自供をするとは思えないけどな」

ぼそりと呟いた徳永の言葉は、瞬に聞かせるためというより、つい思ったことが零《こぼ》れ出たという感じだった。

取り調べをするのは捜査一課の刑事となる。彼女は罪を認めるのか。愛人の白井は。気にはなるが、結果を待つしかない。溜め息が漏《も》れそうになるのを堪《こら》えた瞬の背を徳永がまたぽんと叩く。

「場所を変えよう。渋谷に向かう」

「わかりました」

徳永こそ、気になるに違いない。しかしそんな心情をおくびにもださずに、足早に改札へと向かっていく彼に瞬は続き、このあとは自身の『見当たり捜査』の仕事で成果を上げるのだと今更ながら自分に言い聞かせたのだった。

夕刻、警視庁に戻ると、小池が徳永を呼びに来た。現在、美貴子の取り調べの最中ではあるが、捜査一課長から傍聴《ぼうちょう》の許可が下りているというのである。

「腹が立つだけかもしれませんが、よかったら。ああ、瞬も同席していいそうだ。ただ、結構声は響くから静かにしていろよ？」

小池に言われ、瞬は「気をつけます」と言いつつ、徳永を見た。徳永の許可を得てからにしようと思ったのである。

「静かにしていろよ」

徳永は苦笑めいた笑みを浮かべて小池と同じ注意をすると、

「課長の気遣いに遠慮《えんりょ》なく乗らせてもらおう」

と頷き、小池のあとについて取調室の隣の部屋、マジックミラーで仕切られた控え室へと向かったのだった。

『知らないって言ってるでしょう。私は何も知りません。睡眠薬を飲んで寝ていたんだもの。お巡りさんに聞いてみてよ。管理人さんにも』

美貴子は完全にふて腐れていた。楚々《そそ》とした和風の美人という印象は既にない。目つきも鋭く、口調もぞんざいな彼女の変わりっぷりに目を剝《む》いていた瞬を見て、徳永は、やれやれ、という顔になったが、すぐ、マジックミラー越しに彼女へと視線を戻した。

音声はスピーカーから聞こえるようになっている。天井から聞こえるその声に瞬は憤りを覚えつつ、取り調べの様子を見つめていた。

『昨日の午後十一時頃、白井があなたのアパートから出てきたところを、近所の人が目撃していますﾞ』

『知らないって言ってるでしょう。私は寝てたんだってば。白井が来たのなんて知りません。睡眠薬を飲んで寝ていたんだって、何回言わせるの』

『富樫さんに睡眠薬を飲ませて手首を切ったんじゃないんですか？』

『違うわよ。主人は自殺しようとしたの。アルツハイマー型認知症と診断されたから！嘘だと思うなら医者に聞いてみなさいよ』

『それならなぜ、白井と逃走しようとしたんですか？　預貯金をすべて下ろして』

『逃走しようなんてしてないってば。旅行に行くところだったのよ。前から約束していたから』

『白井に協力してもらってご主人を浴室に運んだ上で、自殺と思われるよう、手首を切ったんじゃないですか？』

『そんなの嘘よ。私は何も知らないってば』

往生際《おうじょうぎわ》が悪い、と瞬は呆《あき》れる以上に怒りを覚えていた。徳永の目にも嫌悪感が表れているように見える。

『もし主人の言うことを鵜呑《うの》みにして私を疑っているのなら、主人はさっきも言ったけどアルツハイマーなの。自分で手首を切ったことも忘れてしまうのよ。私は何も知らないわ。

いい加減にしてよ、もう』

「……っ」

瞬は思わず拳でマジックミラーを殴《なぐ》りそうになり、気力でそれを堪えた。今、彼女はなんと言った？　アルツハイマーだから覚えてない？　なんて酷《ひど》いことを言うんだと、腹が立って仕方がない。

富樫は勿論《もちろん》覚えている。その上で自分で手首を切ったと告げているのだ。彼女のこの様子を見ても富樫は尚、庇《かば》うつもりだろうか。この光景を見せたいものだ、と拳を握り締め怒りを堪えていた瞬に徳永が声をかける。

「この分だと当分自供はしないだろう。行くぞ」

「……本当に……信じられません」

怒りで声が震えそうになる。徳永はいつものように感情を面《おもて》に表してこそいなかったが、彼が自分以上に憤っていることは瞬にもこれでもかというほど伝わってきた。

地下二階の執務室に戻ると、徳永は、

「コーヒーでも飲むか」

とコーヒーメーカーを操作しようとした。

「俺がやります」

落ち着こうとしているのかと察し、瞬は急いで駆け寄ると、コーヒーメーカーを操作し二人分のコーヒーを淹《い》れた。

コーヒーの香りが室内に立ちこめる頃には、瞬もまた落ち着きを取り戻していた。しかし怒りは収まらない、と自然と顔つきが厳しくなる。

「許せません。富樫さんに、奥さんが何を言っているか伝えたいくらいです」

それでつい、徳永にそう告げてしまったのだが、言った傍からもし富樫が聞けばショックを受けるに違いないということに気づき、ああ、と思わず深い溜め息を漏らしてしまった。暫《しば》しの沈黙が室内に流れる。

と、徳永のスマートフォンに電話が入ったらしく、ポケットから取り出し画面を見る。次の瞬間、珍しくも驚いた顔になると、すぐに電話に出たのだが、彼が電話の向こうに呼びかけたその名を聞いて瞬もまた、驚愕《きょうがく》といっていいほど驚いたのだった。

「富樫さん、どうしました?」

かけてきたのは富樫なのか。思わず注目してしまっていた瞬の前で徳永は、

「はい、わかりました」

と返事をすると、電話を切り瞬を見た。

「富樫さんが俺と話したいと言っている。来るか?」

「い、いいんですか？　俺が行っても」

　まさか誘われるとは思わず、瞬は問い返してしまったのだが、答えが『よくない』だとしたらそもそも誘わないかとすぐに察し、慌てて返事をした。

「い、行きたいです。でも……」

　徳永は連れていくつもりであっても、富樫はどう感じるだろう。話したい相手は徳永だけではないのか。

　遠慮するべきではと考えはしたが、それは向こうに行ってから考えればいいことだと気持ちの整理をつける。

　徳永は瞬のそんな逡巡《しゅんじゅん》を見抜いたようで、頷《うなず》いた彼に向かい苦笑すると、行くぞというように彼もまた頷いてみせたのだった。

8

徳永と瞬が富樫の病室に到着すると、既に本人から付き添い担当の捜査一課の刑事には話が通っていたらしく、

「終わったら声をかけてください」

と刑事は言葉を残して病室を出ていった。

「付き添いはもういらないって言ってるんだが、信用がないんだよな」

頭を掻《か》きつつ身体《からだ》を起こした富樫に、徳永が静かな声音《こわね》で話しかける。

「もう聞いてらっしゃるかもしれませんが、奥さんが逮捕されています」

「ああ。聞いた。手間をかけさせることになり、申し訳なかったな」

富樫はさばさばした顔をしていた。徳永に対し頭を下げたあと、苦笑しつつ話し出す。

「愛人と一緒に逮捕されたそうだな。いや、まったく気づかなかった。警察を辞めたあと、勘が鈍ったようだよ」

「富樫さん……」

　徳永がリアクションに困っているのが見て取れる。慰めの言葉をかけるのも難しいのだろうと瞬もまた何を言うこともできず、傍で黙って控えていた。

「てっきり、この先の介護をやりきれないと思い詰めたんだろうと……そう思ったんだよ、俺は」

　沈黙の中、ぽつりと富樫が呟《つぶや》くようにしてそう告げる。

「認知症の進行を遅らせることはできるかもしれない。だができないかもしれない。自分が誰であるかも忘れ、美貴子のことも忘れ、身体《からだ》がきく間は生きる……忘れている本人より、傍にいる家族のほうがつらい状況だろうと想像できるだけに、それで俺を殺そうとしたんじゃないかと考えた。それを責めることは……俺にはできなかった」

「……そんなことじゃないかと思ってました。だから庇おうとしたんですね、奥さんを」

　沈痛な面持《おもも》ちで徳永が確認を取る。

「そんな顔すんなや。笑っていいんだぞ。結婚は素晴らしいと語っていたが、浮気されてるじゃないかってな」

　はは、と富樫は笑ったあと、はあ、と溜め息を漏らす。

「笑いませんよ。笑うようなことは何もない」

「……ありがとな。しかし、笑ってくれたほうが今はありがたいんだよな」

　徳永の返しに富樫が笑う。泣き笑いの表情は見てはいけりない気がして、瞬は目を逸《そ》らし俯《うつむ》いた。

「思えば前の妻にも逃げられたんだよな。刑事として生きることが俺の中では一番で、家庭は二の次にしていたから、離婚されても仕方ないと思えた。しかし今回はなあ。もう刑事でもなかったし、仕事にやり甲斐《がい》はあったが、刑事のときのように人生のすべてをかけて臨《のぞ》んでいたわけじゃなかった。家族が一番、そう考えていたんだが……そもそも俺には無理だったのかもしれないな」

　寂しそうに笑いながらそう告げた富樫に、徳永が何かを言おうとした。が、察したらしい富樫は、

「いや、慰めてくれなくていい。実際、無理だったからな」

　とまたも寂しげに笑うと、小さく息を吐き、

「さて」

　と話を変えた。

「美貴子はおそらく、自供していないだろうから、俺から何があったかを説明するよ。これも家族としての役目だと思うからな」

「……お願いします」

徳永が抑えた声音で告げ、頭を下げる。

「夕食に睡眠薬を混ぜられたんじゃないかと思うんだが、酷い眠気を覚えてな。いつの間にか意識をなくしていたようだ。気づいたときには風呂場で水浸しになってた。そのときは出血多量で朦朧《もうろう》としていて、何がなんだかさっぱりわからなかった。痛みよりも寒さが勝っていたな。治療を受けるうちにようやく、自分の身に何が起こったのかがわかるようになった」

ここまで話すと富樫は包帯の巻かれた己の手首を見やった。

「手首を切って風呂に手を浸す。出血多量で死ぬところだったが、当然自分じゃそんなことはしない。アルツハイマー型認知症と言われて絶望はしたが、死にたいという発想にはまったくならなかった。美貴子には、お前の手に余るようになる前に、施設に入れてくれと頼んだんだが、美貴子は……」

と、富樫が喋《しゃべ》るのをやめ、やれやれというように溜め息を漏らす。

「……美貴子は、何があろうと最後まで私が面倒見るから、と泣いたんだよ。どういうつもりで言ってたんだかなあ」

自嘲《じちょう》しつつそう告げた富樫に対し、徳永も、そして瞬もかけるべき言葉を持たなかった。

「殊勝《しゅしょう》なことを言いながら、俺を殺す計画を練《ね》っていたかと思うと、空恐ろしいものを感じるな」

と、ここで富樫は俯きがちになっていた徳永に問いを発した。

「ところで、一緒に逮捕された愛人というのは、どういう男なんだ?」

「……っ。新宿のホストです」

徳永は一瞬言葉に詰まったものの、淡々と答える。

「ホストか。ホストクラブに通っていた様子はなかったが」

「ホストと客という関係ではなく、同郷で昔馴染《むかしなじ》みだったのではないかと」

「神戸のか。ああ、それなら納得だな」

富樫もまた、淡々と答えていた。

「たまに神戸に帰ることがあった。美貴子は両親はもう亡くなっているんだが、叔母《おば》と仲がよくてな。一人暮らしの叔母が寂しがっているからと、よく神戸に帰っていた。月一くらいか……それが多分、愛人との逢瀬《おうせ》だったんだろうな」

納得してみせたあとに、さりげなさを感じさせる口調でこう問うてくる。

「ブレーンはそいつかな。何か前科はあるか?」

「七年前、殺人教唆《きょうさ》の容疑で逮捕されましたが不起訴になっています」

「なるほど。計画はそいつが立てたんだろうな。美貴子にはそんな頭はない」

「そうなんですか？」

　徳永が目を見開く。

「ああ。そもそも、なぜお前に相談に行く？　お前は俺にとっては大事なもと部下ではあるが、普段からさほど交流があるわけじゃない。現職の警官がどれだけ忙しいかは、自分がよくわかっているからな。相談なら普段から密な付き合いをしている相手にまずするものだろうにと、不思議に思っていたんだよ。その愛人に『現職の警察官を証人にすれば話が早い』というようなことを言われて、なんの疑問も持たなかったんだろう」

「なるほど……」

　他に相槌《あいづち》の打ちようがなかったのだろう。頷いた徳永に対し、富樫はまた苦笑してみせた。

「とはいえ、さすがに俺も殺されるとまでは思っていなかったけどな」

「奥さん一人では富樫さんを浴室に運ぶことは困難だったのではと思われますので、富樫さんが寝入ってから二人で作業をしたのではないかと」

「だろうな。それから美貴子は睡眠薬を飲んで眠りにつく。寝ているうちに俺が手首を切ったということにしたかったんだろうが、風呂の水を出しっぱなしにしていたせいで下の部屋に水漏《みずも》れがし、発見された——なんとも間抜けな話だ。古いアパートで排水口のトラブルが結構あることはわかっていただろうに。おそらく愛人の男はそれを知らずに、血液の流れがいいようにとでも思ったんだろうが……」

またも富樫が、やれやれ、というように肩を竦《すく》める。

「おかげで一命を取り留めたわけですから。杜撰《ずさん》な計画でよかったですよ」

「はは。確かにな。しかし俺が生きているとわかって、美貴子はさぞ、動揺《どうよう》しただろうな」

富樫は笑っていたが、声には張りがなかった。

「慌てて家に帰り、預貯金を下ろして逃走するところもまた、考えなしにもほどがある。捕まえてくれと言っているようなもんじゃないか」

「富樫さんは庇《かば》うつもりだったというのに」

徳永の声には怒りが滲《にじ》んでいる。普段、感情を露わにしない彼のそんな表情に瞬は思わず見入ってしまった。

「馬鹿みたいだけどな」

富樫は笑い飛ばしたあと、ぽつりと言葉を漏らした。

「この先のことを思うと、俺は死んだほうが楽なんじゃないかと、そう考えてくれたのかもなとも考えた。我ながら、夢を見すぎだよな」

「……実際のところはどうなんですか？　先程、死にたいと考えたことはなかったと、言ってましたよね？」

自嘲する富樫を徳永が真っ直ぐに見据え問い掛ける。

「安心してくれ。美貴子に裏切られたことを苦にして自殺するつもりはまったくないし、認知症の治療も受けるよ。まあ、忘れてしまえば楽になるとは思うが、お前や苦楽を共にしてきた仲間のことはまだ、覚えていたいからな」

富樫もまた、徳永を真っ直ぐに見つめ返し、そう頷《うなず》いてみせる。

「ああ、そうだ。美貴子は辛抱《しんぼう》が足らないからな。今は自供していなくても粘り強く取調べればそのうち吐くだろうよ。明日の夕方くらいかな」

笑いながら告げてはいたが、富樫の顔はやはり寂しげだと思う瞬の胸は痛んだ。と、そこに看護師が検温にやってきたため、それを機に徳永と瞬は富樫のもとを辞すことにした。富樫がかなり疲れている様子なのを気遣ったこともあった。

「また来ます」

「無理するなよ。色々悪かったな」

富樫は最後まで笑顔を浮かべていた。徳永と瞬は頭を下げ、部屋を出ようとしたのだが、

「ああ、麻生君」

と富樫が瞬に呼びかけてきたため、瞬は驚いたせいで物凄《ものすご》い勢いで振り返ってしまった。

「はいっ」

「はは、元気がいいな」

富樫が楽しげに笑う。

「徳永の背中を見てりゃ、間違いない。いい刑事になれよ」

「はい！」

大声を出すと迷惑になる、とトーンは抑えたが、動作は大きく、と、きっぱりと頷く。

「徳永のこと、頼んだぞ」

そんな彼に富樫はそう笑いかけ、瞬はまたも大きく頷いてみせることで、己の意志を伝えようとしたのだった。

病室の外で待機していた捜査一課の刑事に徳永は丁寧《ていねい》に頭を下げた。

「申し訳ありませんでした」

「いえ。課長から聞いてます。徳永さんの最初の上司の方だそうで」

若い刑事からは徳永に対するリスペクトが伝わってくる。

「先程小池から連絡があり、白井が自供したそうです」

「そうですか」

徳永は短く答え、再度「ありがとうございます」と頭を下げると、瞬を伴《ともな》いその場を離れた。

「愛人のほうが先に自供したんですね」

「美貴子も落ちるだろう」

徳永の口調は淡々としている。が、いつもの彼ではない。

「徳永さん、飲みませんか」

自分と飲むことがどれほど徳永にとって気晴らしになるかはわからない。それでも瞬は誘わずにはいられなかった。

「そうだな」

徳永が薄く笑い、頷く。

「世話になったし、報告がてらミトモさんの店にでも行くか」

「はい！」

わざと大声で返事をしたが、なんとか自分を元気づけようとする瞬の意図を察しているからか、徳永が注意をしてくることはなかった。足を速める徳永に続きながら瞬は、酒が少しでも徳永の心に安らぎを齎《もたら》してくれるといいと祈っていた。

新宿二丁目のゲイバー『three friends』は、瞬が訪れるときには客がいないか、いても瞬も見知った常連のみしか見たことがない。が、今日、店は見知らぬ客が数名いて、ミトモも忙しそうにしていた。

「あら、徳永さんに坊や。どうしたの?」

「プライベートで飲みに来ました」

徳永の返事を聞き、ミトモが嬉しそうな顔になる。

「あらそうなの。ゆっくりしてって。ボトルはヒサモの空けちゃいましょうか」

「いや、俺のボトル、ありますよね」

焦る徳永をミトモは「いーのいーの」と軽くいなすと、取り敢《あ》えず、とカウンターの自分の前に徳永と瞬を座らせた。

客たちの視線が徳永に集まっているのがわかる。しかし瞬と一緒にいるからか、声をかけてくる客はいなかった。

こうも人が多いと、富樫の話をするのは躊躇《ため》われるなと考え、瞬は何か楽しい話題を振ろうと頭を絞《しぼ》った。

「あの、徳永さん、趣味ってなんですか？」

「今更どうした」

瞬が話題を探すのに苦労しているのが可笑《おか》しかったのか、徳永が噴き出す。

「いや、聞いたことなかったなと」

「お前の趣味はなんなんだ？」

「趣味……趣味、なんですかね。身体《からだ》を動かすのは結構好きです。でも最近は休みは寝てますね」

「学生時代は？」

「テニスをちょっとやってました。あ、テニス見るのは好きです。四大大会とかあるとついテレビで観ちゃいます。それで寝不足になって……って、あ、ちゃんと仕事に差し障らない程度にしてますが……っ」

「言い訳はいい。テニスは面白いよな」

「はい！　好きな選手とかいますか？」

徳永は話に乗ってくれたが、気を遣ってもらっているような気もする。逆に申し訳ないような、と案じながらも沈黙が怖くて瞬は、どうということのない話を次々捻《ひね》り出し続けた。

「さて、今日はもうおしまいよ。明日また来て」

十一時を過ぎた頃、ミトモが客たちに声をかける。

「え？　今日は早じまいなの？」

「聞いてないんだけどお」

客たちは不満そうにはしていたが、ミトモが「終わりったら終わり」と言い放つと、仕方がないという様子で会計をすませ、出ていった。

「さ、そろそろ常連を呼ぶわよ」

やはりといおうか、ミトモの閉店宣言は、徳永に気を遣ってのものだった。

「申し訳ないです」

恐縮する徳永にミトモは、

「いいのいいの。話を聞きたいのはコッチだから」

とシナを作ってそう言うと、その様子を見るとはなしに見ていた瞬へと厳しい目を向けてきた。

「坊やは帰ってもいいのよ。閉店なんだから」

「えっ。そんな」

本気で帰れと言っているのかと青くなったとき、カウベルの音が響き、聞き覚えのあるガラガラ声が店内に響いた。

「おう、ミトモ。何だよ、呼び出しやがって」

「あんたは呼んだ覚えないわよ。りゅーもんちゃんだけでよかったんだけど？」

ミトモが悪態をついた相手は、新宿西署の刑事、高円寺久茂《こうえんじひさも》だった。彼の後ろにはルポライターの藤原が続いている。

高円寺はラテン系といった印象の、陽気で濃い顔立ちの美丈夫《びじょうふ》である。

「おう、徳永に瞬じゃねえか。お通夜《つや》みたいな顔してどうした」

「あんたってばほんと、デリカシーの欠片《かけら》もないわね」

ミトモが高円寺を睨《にら》みつつ、後ろの棚《たな》からボトルを取り出す。

「なんか減ってねえか？」

「自分で飲んだんでしょ」

ストレートのウイスキーをなみなみとそれぞれのグラスに注ぎ、

「かんぱーい」

と掲《かか》げてみせる。

「白井、逮捕されたそうで」

徳永の隣に座った藤原が話しかけてきたのを聞き、さすが情報が早い、と瞬は感心した。

「おかげさまで。本当にありがとうございました」

「いやいや。俺は裏取りをしたくらいなんで」

礼を言う徳永に対し藤原は恐縮してみせる。

「どうしたどうした」

話に入ってきた高円寺に徳永は、自分が世話になったもと上司が、妻と愛人に謀《はか》られ殺されかかったということの顚末《てんまつ》を説明した。

「富樫さんか。噂《うわさ》を聞いたことがあるぜ。なんだ、徳永の初上司だったのか。怪我《けが》で退職したが、粘り強い捜査と後輩に対する面倒見のよさで評判だったよな」

「刑事のイロハを教わりました。最初が富樫さんというのは本当に恵まれていたと思います」

「だよなあ。しかしアルツハイマーになった上に妻に殺されかかるとは。災難だな、富樫さんも」

高円寺が同情した声を出す。

「早期治療で進行を遅らせることはできるといいますし」

早く気づいてよかったですよ、と藤原が横からフォローを入れてくるのに、徳永は、

「そうですね」

と頷《うなず》いたあとに、少し複雑そうな表情となった。

「早くに気づいたのは、妻のおかげということなんでしょうが……」

「あとが悪いわな」

高円寺はそう憤《いきどお》ってみせたあとに、徳永の背をどやしつけた。

「元気だせや。それしか言えねえけどよ」

自分にもできることがあれば試みる。しかしどうしようもないことは諦めるしかない。

そうした高円寺の慰めに徳永は、

「ありがとうございます」

と礼を言い、話をそこで切り上げようとした。

「富樫さんも治療に前向きのようですし、いい方向に転ぶことを祈ってます」

「そうね。ま、今日は飲みましょう」

ミトモが敢《あ》えて作ったと思《おぼ》しき陽気な声を上げる。

「おうよ。珍しくミトモが奢《おご》るっていうしよ」

「誰もそんなこと言ってないでしょ」

「いや、奢りだろ？　俺等を呼び出したんだから」

「だから呼んだのはりゅーもんちゃんだけだってば」

一気に盛り上がる店内では、徳永の顔にも笑みが浮かんでおり、よかったと瞬は密かに安堵《あんど》しつつ、わいわいと騒ぐ彼らの話に耳を傾けていたのだった。

ほぼ夜明け近い時間にお開きになり、瞬はそのまま徳永の家に泊めてもらうことになった。

随分《ずいぶん》飲まされたため、足元がふらふらする。

「大丈夫か？」

徳永は瞬以上に飲んでいたが、さすがといおうか普段とあまり変わった様子はなかった。大通りでタクシーを捕まえてくれたのも徳永で、恐縮していたはずの瞬は、車に揺られているうちにどうやら眠ってしまったらしい。徳永の家に着いたときに起こされたはずだがあまり意識はなく、気づいたときには徳永の部屋のソファで横たわっていた。

どのくらい眠ったのか、喉《のど》の渇《かわ》きを覚えて目を覚ました瞬は、一瞬、自分がどこにいるのかがわからなかった。すぐに記憶を取り戻し、時計を見やって間もなく朝の六時となることを知る。

一度家に帰って着替えるか。そうだ、佐生に泊まるという連絡もしていなかったと反省しつつ、キッチンに水を取りに行く。徳永を起こさないように物音を立てぬよう心がけ、冷蔵庫からそっとペットボトルを取り出し寝ていたソファに戻ると、ほぼ一気に近い感じで水を飲み干した。

まだ酔っているような状態ではあるが、間もなく一日が始まる。しゃっきりしないとなと思いながら、もう一本、水を貰《もら》おうかと立ち上がったとき、徳永がキッチンへとやってきた。

「なんだ、起きたのか」

寝ているだろうと思ったらしく、驚いたように声をかけてきた彼に瞬は、

「水、貰いました」

と手の中のペットボトルを見せ、頭を下げた。

「もう一本、いいですか？」

「勿論《もちろん》」

徳永もまた喉が渇いて起きてきたようで、冷蔵庫へと向かっていく。瞬も向かうと徳永は瞬のためにもミネラルウォーターのペットボトルを取り出してくれた。

「ありがとうございます」

「かなり飲んだな。大丈夫か？」

ダイニングの席に腰を下ろし、徳永が問い掛けてくる。

「大丈夫です。すみません、迷惑かけてないですか？」

「特には」

徳永は笑って水を飲み干すと、はあ、と息を吐き出した。瞬も二本目に口をつけ、やはり一気に近い感じで飲んでいく。

徳永は飲み終わったあとも、何かを考えているように座ったままでいた。どうしたのかと瞬が見やると徳永は、

「いや」

と首を横に振ったあと、ぽつりと言葉を漏《も》らした。

「柿谷のことを考えていた。責任能力なしと判定されるんだろうかと、そのあたりをな」

「……あれは……演技ではなかったように俺も感じました」

罪を犯したということも、そればかりか自分が誰であるかということもわかっていない様子だった。屈託なく笑いかけてきた彼の顔には悪意の欠片《かけら》も浮かんでいなかったように思う。

あれが演技だとしたら凄《すご》い。思い出しつつ答えた瞬を徳永が見やる。

「覚えていないとしても、柿谷が人を殺したことは間違いない。しかし罪に問うことはできなくなる……忘れたくても忘れられないことがある一方で、忘れたいという意志すら抱くことなく忘れてしまうというのはなんだか……」

そこまで言うと徳永は言葉を探すようにして黙った。瞬もまた黙って徳永を見返す。

忘却《ぼうきゃく》は被害者にとっては救いとなる。しかし加害者にとっても救いとなるというのは、なんだか納得がいかない。

とはいえ、忘れたくて忘れるわけではないこともわかるがゆえに、やりきれなさを覚える。柿谷が責任能力なしとなったら、被害者の身内はどんな気持ちを抱くことだろう。

仕方がないと思うだろうか。罪は罪のはずだという感情を抱くことはないのか。抱いたとしてもどうしようもないのだろうが、と自然と溜め息を漏らしていた瞬の頭に、富樫の顔が浮かぶ。

忘れたくなくても忘れてしまう将来が彼の前には開けている。もし、自分が富樫だったらどんな感情を抱くだろうか。

ただただ、怖い。瞬にとっては、一度見た人間の顔を覚えているのが当然という感覚だったのが、ある日を境にぽろぽろと記憶から零《こぼ》れ落ちていき、やがて真っ白になるイメージを想像するだけで、恐ろしいとしかいいようがなくなる。

そんな中、いつまでも共に歩んでいくと妻、美貴子が告げてくれたとき、どれほど心強かったことだろう。しかしその言葉は偽りで、自殺に見せかけて殺そうとしていた。それがわかったときの絶望感を思うと、憤りしかない。

『まあ、忘れてしまえば楽になるとは思うが、お前や苦楽を共にしてきた仲間のことはまだ、覚えていたいからな』

別れしなに、そう笑っていた富樫の顔を思い出すだに、胸が痛む。自然とシャツの前を摑《つか》んでいた瞬は、徳永に声をかけられ、はっと我に返った。

「今日は午後からでいいぞ。どうせ仕事にならないだろう」

「いや、大丈夫です。一旦帰って、着替えてから出勤します」

甘やかしてもらっては申し訳ないと、瞬はそう言うと、電車も動いているだろうしと帰宅しようとした。

「無理するなよ」

「ありがとうございます」

礼を言い、辞そうとする瞬を、徳永は玄関まで見送ってくれた。

「またあとで」

「はい。色々すみません。お世話になりました」

礼と謝罪をし外に出る。水を飲んで幾分頭と胃の調子がリフレッシュされたものの、やはりまだ足元がふらついていたので、無理はよそう、と瞬はタクシーでの帰宅を決めた。

早朝ゆえなかなか捕まらなかったが、運良く駅近くまで来たところで空車を見かけ、手を上げる。自宅の住所を告げ、目を閉じた瞬の瞼《まぶた》の裏に、再び富樫の顔が浮かんだ。

富樫にとってこれから始まる一日が明るいものとなるといい。目を開き、太陽の光に照らされる街並みを車窓《しやそう》から見やる瞬の胸にその祈りが生まれる。

救いとなる忘却に安易に手を伸ばすことなく、あがいてみせると宣言した富樫への尊敬を深めつつ瞬は、そんな彼に言われた、徳永の背を見て育てという言葉を改めて噛《か》み締め、やはり今日は朝から出勤することにしようと心に決めたのだった。

9

富樫の読みどおり、美貴子は翌日、すべての罪を自供した。それを徳永と瞬のもとに報告してくれたのは小池だったのだが、美貴子の様子を語る彼の顔は嫌悪感に歪んでいた。

「白井が、すべて美貴子の指示によるものだと自供したことを伝えると、冗談じゃない、逆だとブチ切れましてね。自分は殺すことまでは考えていなかったのに、白井が、大丈夫だ、絶対にバレないからと言って、計画を立ててくれたと」

今や二人の自供は泥仕合《どろじあい》と化していると、小池は肩を竦《すく》めた。

「具体的にはどういう計画だったんですか？　二人の関係はいつから？」

結婚の素晴らしさを語っていた富樫を思うと、美貴子との間に夫婦の絆《きずな》は確かに結ばれていてほしい。瞬はそう願ったのだが、ルポライターの藤原の裏取り調査のとおり二人の付き合いは長く、瞬の願いはすぐに裏切られることとなった。

「いわゆるセフレだと。神戸にいた頃からつかず離れずで付き合いは続いていたそうだ」

「そんなに長かったんですね」

ということは富樫と結婚する前もしたあとも、二人の関係は続いていたということか。

唖然《あぜん》とした瞬に小池は、

「本当になあ」

とまたも顔を歪めたあと、

「具体的な計画だったよな」

と詳細を説明してくれた。

富樫にアルツハイマー型認知症の疑いがあることを、美貴子は白井に相談した。面倒を背負い込むのはご免だ、しかし離婚をすれば、そんな状態の夫を見捨てたのかと世間の風当たりは相当きつくなるだろう。上手《うま》く別れる方法はないか、いっそアルツハイマーと正式に診断が下る前に別れたほうがいいだろうか。

本人曰《いわ》く、ただの愚痴《ぐち》のつもりだったのに、白井が『それなら殺せばいい』と唆《そそのか》してきたという。

「『俺は前にも成功している』と言われてその気になったんだそうだ。夫が死ねば面倒な世話もしないですみ、遺産も手に入る。遺産といっても僅《わず》かな金額ではあるが、それでも認知症の夫の世話に縛《しば》られるよりマシ……と、本当に聞いていていて胸が悪くなったよ」

小池の声に憤《いきどお》りが滲《にじ》む。マジックミラー越しに見た美貴子の歪んだ顔を思い起こし、本当に酷《ひど》い、と瞬も怒りを再燃させていた。

「まずは富樫さんに医師の診断を受けさせた上で、アルツハイマーであることを悩んで自殺をしたという流れに持っていく。自殺であることに疑いを持たれないよう、誰もが信じる証言者として選ばれたのが徳永さんだった。富樫さんの交友関係を美貴子はよくわかっていなかったようだったよ。結婚したのは富樫さんが警察を辞めたあとだったしな。徳永さんが彼女の印象には一番残っていたということなんだろう。加えて本庁勤務ということで箔《はく》がつくと、白井に言われたそうだ」

「杜撰《ずさん》だな」

徳永もまた不快そうな顔になっている。

「はい。計画自体も本当に杜撰で、富樫さんがアルツハイマーと診断されて落ち込んでおり、自分はそれに悩んでいるのだと徳永さんに匂《にお》わせる。睡眠薬を飲んで眠る理由付けだな。眠っていたので夫が自殺をしたことに気づかなかったということにしたかったようです。まさか水漏れで管理人が来て、富樫さんが一命を取り留めるとは思っていなかったと、悔《くや》しそうにしていました」

「酷い……」

命をなんだと思っているのだと、憤る瞬の横から徳永が確認を取る。

「白井が手を貸した証拠が出たんだな？」

「はい。その辺りが本当に杜撰で。防犯カメラに白井がアパートに入っていく画像も残っていましたし、室内には彼の指紋もべたべたついていました。自殺と見なされることに相当自信があったようです」

「成功体験はおそらく、神戸での交際相手の『自殺』だろうな」

「はい。その交際相手の夫も彼が殺したのではないかと思いますよ。不起訴になっていますが……」

「再捜査されるといいが」

徳永の呟《つぶや》きに小池は、

「兵庫県警にも連絡がいっていますのでおそらく」

と頷《うなず》いてみせた。

「それはよかった」

徳永も頷いたが、彼の顔には未だ憤りの表情が浮かんでいた。小池もまた同じくである。

瞬も当然怒りを覚えたままだった。

本当に酷い話だと思う。美貴子にとって富樫は家族ではなかったのか。愛情は欠片《かけら》ほども残っていなかったのだろうかと、憤らずにはいられない。

「富樫さんには知らせたくないが、そういうわけにもいかないだろうな」

徳永が抑えた溜め息を漏《も》らす。富樫から結婚の素晴らしさを、家族に対する想いを聞いていた彼が胸を痛めているとわかるだけに、瞬も富樫の心境を案じないではいられなかった。

自分が護《まも》るべき家族、帰るべき家庭があるとないとでは、人生観がまったく変わってくる――そう告げていた富樫の顔は本当に幸せそうだった。

長らくセフレがいたということにもショックを受けるだろう。殺されそうになったショックの方が当然大きいだろうが、と溜め息を漏らしていた瞬の耳に、小池の声が響く。

「美貴子の祖母が認知症で、母親が介護に苦労しているのを見ており、同じことは到底できないと思ったと言ってました。だとしても、介護が始まるより前に殺してしまおうという考えは到底理解できませんが」

「そうだな」

徳永が溜め息交じりの相槌《あいづち》を打つ。認知症の介護が大変だという話は、瞬も聞いたことがあった。介護疲れで殺害に及ぶという事例があることも知っている。

美貴子の母親の苦労も大変なものだったのだろう。しかしだからといって美貴子のしたことが許されるはずもない。

　富樫はこれからどうするのだろう。彼に親戚縁者《しんせきえんじゃ》がいるといいのだが。またも溜め息をついてしまっていた瞬の前で、徳永が小池に報告の礼を告げていた。

「ああ、そうだ」

　捜査一課に戻ろうとしていた小池が、ふと思い出した顔になり二人を振り返る。

「先日の見当たり捜査で逮捕となった柿谷ですが、裁判は行われるものの認知症は本物で、現在の責任能力はないと判定されるだろうとのことです」

「あれは……本物だと思いました。俺も」

　そうか。責任能力は問えないのか。またも溜め息が込み上げてきていた瞬に徳永が声をかけてくる。

「逮捕が無駄になったということでもないし、彼が罪を犯したという事実が消えたわけでもない。意味がなかったなどと思うことはないからな」

「はい……はい」

　無駄とは思わなかったが、空《むな》しさは覚えていた。しかし自分の仕事は逃亡している犯罪者を見つけ、逮捕に導くことだ。

　そこはぶれずにいろ。そういうことだろうと理解し、瞬はきっぱりと頷いたのだが、徳永はそんな瞬の姿を前に、それでいいというように頷き返してくれたのだった。

前日の飲み過ぎがあとを引いていたこともあり、瞬はその日の仕事が終わると真っ直ぐに帰宅した。

「あら、瞬君。早いのね」

佐生の叔母《おば》、華子が夕食を作ってくれていることに恐縮しつつ礼を言い、三人で食卓を囲む。

「この間はごめんなさいね。随分と取り乱してしまって」

その詫《わ》びも兼ねて今日来たのだという華子は、すっかり立ち直っているようだった。

「叔母さん、みちる叔母さんのお見舞いに神戸まで行ってたんだって」

「そうだったんですね」

既に華子の叔母は彼女を覚えていないという話だった。ショックを受けたのではないかと案じつつ相槌を打った瞬に華子は、

「本当に覚えてなくてね。『はじめまして』と言われちゃったわ」

とサバサバした口調でそう言い、肩を竦《すく》めた。

「こっちもそのつもりで話していると、昔の思い出を語ってくれたりするの。中には私との思い出もあってね。話しているときの叔母さん、ニコニコとそれは楽しそうで、これはこれでいいんじゃないかと思えたわ」

「そうですか……」

ふっきれたようでよかった。とはいえ、ショックは受けているだろうが。華子の心情を思いやり、頷いた瞬に佐生が話しかけてくる。

「瞬の周りの人に、アルツハイマー型認知症の診断がくだったって話、しちゃったんだけどよかったかな。勿論《もちろん》、どこの誰といったことは言ってないよ」

「あ、うん。いいよ、別に」

事件のことでもないし、そもそも華子は富樫を知らない。認知症の話題が発展したのだろうと瞬が頷くと、佐生は安心した顔になった。

「話したあと、許可とってなかったと思い出してさ」

「まだ五十代なんですって？　ショックだったでしょうね」

華子が切なげな顔になる。

「いつ発症するかは自分では選べないけれども、まだそんな年齢じゃないと、本人もご家族もショックだと思うわ。不安も大きいでしょうし」

「そうですよね。この間、佐生と映画を観たんですが、なんだかやりきれない気持ちになりました」

「映画って、もしかして」

「はい、それです」

　華子が告げたタイトルは、瞬と佐生が観たのと同じものだった。

「あれ、つらいわよね。私、観たあと主人に無理矢理お酒を付き合わせたわ」

「俺達もです」

「どうしようもないことってあるんだなと思い知らされるわよね。現実もそうなんだもの。自分の夫のことやあなたたちのことを忘れてしまうかもしれないと思うと怖いわ。忘れられたほうのつらさも勿論あるけれども、忘れていく恐怖感のほうが大きいかしらね」

　実際、『忘れられる』という体験をした華子の言葉だけに重い、と瞬は感じながら頷いた。

「全部忘れてしまったあとには楽になれるのかな。みちる叔母さんのように。でもみちる叔母さん本人に聞いてみないと、本当の気持ちはわからないわよね」

「つらいことは忘れたいって思うけど、それとはまた違うしね」

佐生も考えるところがあるのかそう言い、うーん、と唸《うな》る。

「もしも叔母さんが俺を忘れてもショックだし、俺が叔母さんを忘れると考えてもやっぱりつらいや。いい思い出もよくない思い出も、なくしたくない……かな。やっぱり」

「意識しないで忘れてることはあるけどね。既に」

華子が苦笑してみせる。

「年かなあって思ったわ。でもそれが自然の摂理だものね。諦めも必要なんでしょう」

華子の達観した物言いに、瞬と佐生は感心して頷く。

「叔母さん、さすが年の功というか」

「なんだか褒《ほ》められている気がしないわ」

むっとしたのも演技なのか、はたまた本気でむかついているのか、じろりと睨《にら》んでくる華子に佐生が慌てて詫びる。

「勿論褒めてるんだけど」

「あなたね、作家なら言葉を選びなさいよね」

やはりこの話題はいろんな意味でつらい。なので最後は無理矢理笑顔に持っていこうとしてしまう。

達観するにはまだ暫くかかりそうだと思いながらも瞬は、華子と佐生の気遣いを邪魔すまいと、彼もまた大仰《おおぎょう》にむっとしてみせる華子へのフォローに勤《いそ》しむべく、会話に参加していったのだった。

華子が帰ったあと瞬は、いつものように佐生に請われるがまま、富樫の妻が愛人と共に殺害を企《くわだ》てた事件のあらましを説明した。

「聞いといてなんだけど、これからも教えてくれるんだ?」

「うん。佐生のことは信用しているし、徳永さんがもと上司に話さなかった理由は他にあったし」

「他の理由って?」

不思議そうな顔になる佐生に瞬は、

「もと上司が聞きたがらないんだって」

とその理由を説明し、佐生には「嫌みか」と顔を顰《しか》められた。

「違うって」

「冗談だよ。しかし酷《ひど》い話だな。もと上司、当然離婚するよな」

「多分……さすがに自分を殺そうとした相手と夫婦でいるのは無理だろうし」

「だよなあ。他に身寄りがいるといいけど……でもまあ、今は介護が必要って状態でもないんだろうし、当分は大丈夫なのかな」

「そうだよな」

頷いた瞬の前で佐生が溜め息をつく。

「どうした？」

「色々考えちゃったよ。家族についてとかさ。まあ、俺は両親も亡くなってるし、きょうだいもいないから、人より考えることは少なくてすむんだけど」

「叔父《おじ》さんや叔母《おば》さんがいるだろ。俺もいるし。まあ、家族じゃないけど」

瞬がそう言うと佐生は、

「そうなんだけど」

と笑う。

「将来には備えておくべきなんだろうけど、考えても仕方がないこともあるし……ともかく、今を悔《く》いのないよう生きるしかないんだろうな」

「そうだよな」

本当に。それが真理だ、と瞬もまた大きく頷いたあとに、華子が帰り際にアルツハイマー型認知症の治療や施設について、紹介が必要だったら遠慮《えんりょ》なく頼ってほしいと言ってくれたことを思い出した。

華子にとっては自分は家族ではない。だが彼女はなんの躊躇《ためら》いもなく、手を差し伸べてくれる。自分もまた華子が困っていたら親身になると思う。そうした繋《つな》がりこそが大切ということかもしれない。

佐生も同じようなことを考えていたのか、

「ま、お前に何かあったときには、俺を頼ってくれていいから」

と胸を張ってみせ、瞬の胸を温かな思いで満たしてくれたのだった。

後日談

富樫《とがし》の妻美貴子《みきこ》と愛人の白井《しらい》は殺人未遂《みすい》の罪で起訴され、有罪となった。白井は七年前、神戸《こうべ》での交際相手とその夫の殺人についても再捜査が進んでいる。

退院後、富樫は静岡に住む弟夫婦の近くに引っ越すこととなった。富樫は遠慮《えんりょ》したのだが、弟からこういうときに助け合うのが家族だろうと言われ、転居を決めたとのことだった。

東京を離れる前に一席持ちたいという徳永《とくなが》の希望を富樫は叶えてくれ、その席には瞬《しゅん》も呼んでくれた。

富樫のリクエストで、二人が上司部下時代によく行ったという居酒屋の個室で歓送会は行われることとなり、瞬は果たして自分も参加していいものかと案じながらも、富樫の今後を応援したいという気持ちから、同席させてもらうことにしたのだった。

「今回は本当に迷惑をかけたな」

乾杯の前にと、富樫が改めて徳永に頭を下げる。

「富樫さんが謝る必要はありません。とにかく無事でよかったです」

徳永はそう言うと、今日は飲みましょう、と富樫のグラスにビールを注いだ。

「麻生《あそう》君も色々ありがとうな」

「いえ、本当にご無事でよかったです」

富樫は瞬にも気を遣ってくれ、飲み始めたあとには徳永の過去話がメインの楽しい会となった。

「にしてもよく覚えていますね」

徳永が感心するほど、富樫の記憶力はよかった。徳永が最初に手錠《てじょう》をかけた犯人についても、初取り調べで何を言ったかということも、本人以上によく覚えている。

中でも本庁の捜査責任者の判断ミスで迷宮入りになった事件で、新人ゆえ捜査方針を是《ぜ》正《せい》することなどできるはずもないのに、捜査関係者の中で誰より罪悪感に苛《さいな》まれ、被害者家族に長いこと寄り添っていたというエピソードには、いかにも徳永らしいと瞬は感じ入ると同時に、富樫の記憶力にも感心していた。

「まあな。昔から記憶力には自信があったんだよ」

富樫は笑っていたが、『自信があった』と過去形になっていると気づいたのは瞬だけではなかった。

「そういえば先輩たちも言ってました。適当に誤魔化《ごまか》そうとしても駄目だったと」

しかし気づいて尚、徳永は触れることなく会話を続けている。

「手帳にもよくメモしてたしな」

富樫も徳永が気づいていることに気づいていたようだが、彼もまた敢《あ》えて話を戻すことはなかった。

「覚えています。『富樫メモ』ですね」

「富樫メモ？」

どういうものなのかと疑問を覚えた瞬の口から声が漏《も》れる。

「たいしたもんじゃない。ただの手帳だよ。忘れないようになんでもメモに残し、あとから何十回も見返す。特に捜査が長引いたときには見落としがないか、何百回も読み返すんだ。それで光明が見えてくることもある。現場百回のノート版だ」

富樫は笑って答えてくれたあと、

「そうそう、今後、なんでも書いて残そうかと思ってるんだ」

と話題を変えた。

「症状が進むと書いたことすら忘れるようになるそうだが、それまでの間はあがいてみようと思う。人生長いんだ。希望を失うにはまだ早い。それに」

と、ここで富樫はニッと笑い、ウインクをしてみせた。

「どんなつらいことがあったにしても、最後には忘れてしまうと思えば、少しも苦じゃないさ」

「富樫さんらしい」

徳永が安堵《あんど》したように微笑《ほほえ》み、ビールを差し出す。

「年始の挨拶《あいさつ》には行かせてください。正月以外にも行きますが」

「静岡は遠くて申し訳ないな。しかし来てくれるのなら嬉しい。何のお構いもできないがな」

富樫はそう言うと、自嘲《じちょう》し肩を竦《すく》めた。

「前に来てくれたときは豪華なおせち料理があったが、来年からはナシだよ」

「別におせちを食べに行くわけではありませんから」

富樫の自嘲は妻、美貴子についてであることがわかっているので、徳永はさらりと流したのだろう。そう思いつつ俯《うつむ》いた瞬の耳に、富樫の照れくさそうな声が響く。

「いつだったか飲んだときに俺は、結婚はいいものだと、偉そうに講釈をたれたの、覚えてるよな？」

「別に偉そうではなかったですよ」

徳永がまたフォローのようなことを言い、メニューを手に取る。

「ビールのあと、何にしますか？」

「はは、気遣ってくれなくていい。美貴子の話をしていいか？」

「……っ」

自ら話したいと願っていたとは。驚きから勢いよく顔を上げたせいで、富樫と目が合う。

「麻生君も悪かったな。色々気を遣わせて」

「いえ、全然」

気など遣ってないと言おうとするも、それはそれで失礼かと気づき、慌てて言葉を呑《の》み込む。そんな瞬を見て富樫は楽しげに笑うと、考え考え喋《しゃべ》り始めた。

「美貴子とはバツイチ同士、知人の紹介で知り合った。刑事の仕事は天職だと思っていたから、怪我《けが》で辞めざるを得なくなったことで、少しやけっぱちになっていたところもあったんだが、美貴子と結婚し、一緒に暮らすようになってからはなんていうか……幸せだったんだよ。浮気をされていたなんてまったく気づかなかったしな」

そう言い、ビールを呷《あお》った富樫のグラスに、徳永が瓶《びん》から注ぎ足す。

「ありがとう」

富樫は礼を言い、一口飲むとまた話を再開した。

「家のことはよくやってくれていた。金遣いが荒いと感じたこともない。俺の好物を作ってくれ、休みの日には一緒に出掛けたりもした。物忘れが酷《ひど》くなってきた頃には本当に心配してくれていた様子だった。まあ、演技だったわけだが」

「富樫さん……」

徳永が富樫に呼びかけた理由は、瞬には少しわかる気がした。

取り調べでは美貴子はとても富樫を愛しているようには見えなかった。手首は自分で切ったはずだ、アルツハイマー型認知症だからそれを忘れてしまっただけじゃないのかと告げたときの歪んだ彼女の顔を思い出すだに、富樫の耳に入らないようにと祈ったものだ。

しかし富樫にとって、彼女と過ごした日々は幸せなものだったという。今となっては美貴子の愛は偽りであるし、献身的だったというその姿は作ったものとしか思えないのだが、それを富樫に知らせる必要は——ないのかもしれない。

何も口を挟むことなく富樫の話に頷《うなず》き、彼のグラスにビールを注ぎ足している徳永はそう思っているのだろう。

徳永が言わないものを、自分が言うわけにはいかない。富樫が『いい思い出』だと思っていることに対し水を差すのはやめよう。

それでも、と心配になり、瞬は徳永をちらと見た。徳永もまた同じことを案じているようで、富樫に対し問い掛ける。

「……その……新居は一人でお住まいになるんですか？」

「はは、美貴子とよりを戻すつもりかと心配してるんだろうが、さすがにないよ。また殺されたらかなわないし、第一彼女も俺とやり直す気などないだろう」

富樫が可笑《おか》しそうに笑うのを見て、徳永が安堵した様子となる。瞬もまたほっとしていたのだが、二人の様子を前に富樫は、

「そこまでお人好しじゃないさ」

と苦笑してみせた。

「酷い目に遭《あ》わされたのに『幸せだった』なんて言ったから心配したんだろうが、安心してくれ」

「失礼しました。優しさにつけ込まれるようなことがあっては……と、つい……」

徳永が言いづらそうにそう告げ、頭を掻《か》く。

「優しくはなかったと思うよ。不器用なんだ、俺は」

富樫の言葉は徳永へのフォローなのかと、瞬は最初思ったのだが、話を聞くうちにもしや自戒《じかい》の念を話しているのかもしれないと感じるようになった。

「最初の結婚が失敗したのも、家庭を顧《かえり》みないからだった。妻なら家庭を守って当然、支えてくれて当然と、心のどこかでそう思っていたんだろう。それが態度に出ていたんじゃないかと思う。妻が何を求めているか、言いたいことはなんなのか、つらいのか楽しいのか、そうしたことにまったく無関心だった。美貴子のことは大切にしたい、家族として支え合いたいと心がけていたんだが、結局のところ、彼女が何を考え、どんな感情を抱いていたか、わかっていなかったってことだもんな。進歩がないにもほどがある」

「自分を責めないでください。富樫さんらしくないですよ」

徳永が富樫を真っ直ぐに見つめ、そう声をかける。

「徳永」

「正直、刑事の勘は鈍ったなとは思いましたが、彼女の気持ちが実際どうだったかは彼女自身にしかわかりません。幸せと感じていたかもしれないしそうじゃなかったかもしれないけれど、富樫さん自身が幸せであったのなら、それでいいじゃないですか」

「負うた子に教えられ。確かにそうだな。そして、確かに刑事の勘は鈍った。まあ、もう刑事じゃないけどな」

それを聞き、富樫が楽しげな笑い声を上げる。

美貴子が徳永を頼ったのは、白井から『本庁の刑事』が自殺の動機ありと言えば信憑《しんぴょう》性《せい》がより増すだろうと唆《そそのか》されたからということで、徳永自身も、自分よりも相談をするのに適任者がいたはずであり、それが美貴子の嘘を見抜くきっかけとなったと言っていた。

しかしいくら昔の上司であろうと、どれほど世話になった相手であろうと、言うべきことはきっちりと言い、正すべきところは正す、そんな徳永の態度を見るに、彼以上の適任はいなかったのではないかと思えてくる。

自分も徳永がもし危機に瀕《ひん》したり、道を外れてしまいそうな状況となったときには――自分はともかく、そんなことが徳永の身に起こるとは到底思えないものの、万が一にもそうした状況となったときには、身を挺《てい》して守りたいし正したいと思う。

徳永の背中を追うというのは、彼のような刑事を、そして人間を目指すということだから、といつしか熱い視線を送ってしまっていた瞬に気づいたのか、徳永は少し照れたような顔となったあとに、頑張れというように頷いてみせたのだった。

集英社オレンジ文庫をお買い上げいただき、ありがとうございます。
ご意見・ご感想をお待ちしております。

● あて先
〒101-8050　東京都千代田区一ツ橋2-5-10
集英社オレンジ文庫編集部 気付
愁堂れな先生

失わない男

～警視庁特殊能力係～

集英社
オレンジ文庫

2022年4月26日　第1刷発行

著　者　愁堂れな
発行者　北畠輝幸
発行所　株式会社集英社
〒101-8050東京都千代田区一ツ橋2-5-10
電話【編集部】03-3230-6352
【読者係】03-3230-6080
【販売部】03-3230-6393（書店専用）
印刷所　凸版印刷株式会社

ISBN 978-4-08-680442-4 C0193

集英社オレンジ文庫

愁堂れな
警視庁特殊能力係
（シリーズ）

①忘れない男
一度見た人間の顔を忘れない新人刑事の麻生瞬。
その能力を見込まれ見当たり捜査専門係に配属されて…。

②諦めない男
刑期を終えて出所した殺人未遂犯に再犯の可能性が。
瞬はただ一人の上司・徳永に協力を申し出る。

③許せない男
徳永の元相棒が何者かに襲われ、徳永にも爆弾の小包が
届いた。過去の怨恨を疑い瞬は周囲を捜索する!!

④抗えない男
特能に驚異的な映像記憶力を持つ大原が加入した。
だが捜査中に大原が不審な動きを見せたことに気づき…？

⑤捕まらない男
見当たり捜査中、詐欺容疑で見覚えのある男が逃走した。
結婚詐欺などで有名なその男に、殺人容疑がかかって…？

⑥逃げられない男
かつての同僚・大原から近況が届いた。充実した様子に
安堵していたが、数日後大原が傷害事件の容疑者に!?

好評発売中

集英社オレンジ文庫

東堂 燦

十番様の縁結び

神在花嫁綺譚

幽閉され、機織をして生きてきた少女は
神在の一族の当主・終也に見初められた。
真緒と名付けられ、変わらず機織と
終也に向き合ううちに、彼の背負った
ある秘密をやがて知ることとなり…。

ラスト
ワン
マイル
Last one mile
風戸野小路
集英社オレンジ文庫